睡眠 山水

李成恩 著

孟繁华 张清华/主编

情感共同体
80后作家大系

山东文艺出版社

图书在版编目（CIP）数据

睡眠山水 / 李成恩著 . -- 济南 : 山东文艺出版社，2024. -- （情感共同体・80 后作家大系 / 孟繁华，张清华主编）. -- ISBN 978-7-5329-7201-2

Ⅰ . I227

中国国家版本馆 CIP 数据核字第 2024VA9924 号

睡眠山水

SHUIMIAN SHANSHUI

李成恩　著

主管单位	山东出版传媒股份有限公司
出版发行	山东文艺出版社
社　　址	山东省济南市英雄山路 189 号
邮　　编	250002
网　　址	www.sdwypress.com
读者服务	0531-82098776（总编室）
	0531-82098775（市场营销部）
电子邮箱	sdwy@sdpress.com.cn

印　　刷	肥城源盛印刷有限公司
开　　本	620 毫米×1000 毫米　1/16
印　　张	19.5
字　　数	250 千
版　　次	2024 年 7 月第 1 版
印　　次	2024 年 7 月第 1 次印刷
书　　号	ISBN 978-7-5329-7201-2
定　　价	52.00 元

版权专有，侵权必究。如有图书质量问题，请与出版社联系调换。

总序
80后：一个情感共同体

孟繁华　张清华

"情感共同体"，是新近兴起的历史学流派——情感史研究的概念。这个历史学研究流派被称为史学研究的新方向，它在考量客观事实的同时，还关注到人的道德、行为、信仰与情感等因素。美国学者苏珊·麦特和彼得·斯特恩斯指出，对情感的研究改变了历史书写的话语——不再专注于理性角色的构造，而情感研究已有的成果已经让史家看到，不但情感塑造了历史，而且情感本身也有历史。当然，研究历史与情感的关系和研究文学与情感的关系，是完全不同的两回事。借助历史研究的"情感共同体"概念，意在说明，这个共同体是一个真实的存在，而并非空穴来风。

将80后作家群体看作一个"情感共同体"，当然也只是一个比喻，一如我们此前将70后看作"身份共同体"一样。任何比喻都是有欠缺的，但可以将比喻对象更形象地呈现出来。另一方面，即便是80后本身，他们也从不同的方面将作家看作一个"共同体"。80后有代表性的批评家杨庆祥，写了《80后，怎么办》一书，引起很大反响，特别是在80后群体中，反响更强烈。张悦然说："十年前80后主要是一种反叛形象，主要写的是叛逆青春,那时候的80后肯定不需要《80后,怎么办》这本书。但是到了现在,变化非常大。我的问题在于,这代人是不是变得太快了一点,好像青春结束得太早了一点,一下子就进入了一种很委顿的中年的状态里面。正是在这样快速的消失当中,我们这一代人需要停下来审视自己。"由此可见,杨庆祥的困惑切中了一代人的思想脉络。他书中提出的问题,比如"失败的实感""历史虚无主义""抵抗的假面""沉默的'复数'""从小资产阶级梦中惊醒""我们这一代没有真正的青春""我依然属于弱势群体""能够受到一些公平的待遇就可以了"等,因有极大的"共情性",而受到了同代人的关注。这是80后内部对"情感共同体"认同的一个佐证。但无论如何,杨庆祥还比较客观。他终究还认为"我们是比50后、60后和70后更幸福的一代人"。这当然是另外一个话题。

在现代社会里,每个人都是当然的单个主体,但每一代人也必定有某种共性,虽然这共性也是被建构和解释出来的。80后的共性是什么?也许很难说清楚,杨庆祥的阐释或许也不能说服所有人。要想为他们找一个最大的"公约数",确乎很难。但是,从某种意义上来说,这一代人有着相似的文化与社会境遇,却是事实。这种境遇在我们看来,或许就是一种历史的"错位感"与"迟到感"。他们成长的阶段,刚好是中国社会迅猛变革与走向市场化的年代,他们的童年与青春时代,经历了中国社会价值观的剧烈转换;而等到他们长成的时候,中国的社会已历经世纪之交,进入了一个阶层逐渐固化、机遇相对减少的时期。相对优越的成长环境、比较早地受到关注,与成年后的某种失落之间的落差,带给了这一代人特有的困惑与迷茫。

从这个意义上,与其说他们是一个"情感共同体",不如说是"经验共同体",只是这样说不够清晰和强烈而已。要想说得有效,而不只是"求正确"的话,那么"情感共同体"是一个必要和不得已的强调。但是须知,在情感体验与情感表达之间,也同样存在着巨大的差异,人的个性差异在文学表达中,尤其有决定性的作用,更何况,人所表达的情感,也未必是他内心感受到的真情实感。所以,从根本上说,即便是同代人,他们的创作也未必在同一个声音频道里。因此,恰是这些相同和差异,一起构成了这代人的整体特征。我们必须承认,现在我们讨论的80后作家,与刚刚出道时的80后作家已经非常不同。对那时的80后作家,社会和文学界都有不一样的看法,比如有的人认为,他们过早地被市场裹挟和被书商包装了,他们没有经历上几代作家所经历的那些制度性的历练,所以在他们之中也就"看不到跟经典写作接轨的作者"。同时还有一种看法,就是他们除了书写个人成长经验之外,很难进行真正的"创作",对社会问题和社会公共事务还不具备处理的能力。

然而时过境迁,经过十多年的锤炼和努力,以及社会不同方面的合力培育,现在的80后已经蔚为大观,且早已实现了"纯文学"意义上的承前启后,逐渐成熟并走向了文学创作和批评的一线。为了培养文学批评队伍,中国现代文学馆已先后邀请了十余届客座研究员,这些人中的相当一部分是80后,十余届中已有数十人,其规模已足以令人生畏。更有第三届客座研究员,还将他们自己命名为"十二铜人",显然隐含了自我认同的情感关系。鲁迅文学院多次举办"青年作家高级研修班",参加者也多为80后。更有专门以培养"文学新锐"为己任的文学刊物或栏目,比如专门举荐文学新锐的《西湖》杂志,以及《人民文学》的"新浪潮",《十月》的"小说新干线",《北京文学》的"新人自荐",《作家》的"处女作",《天涯》的"新人工作间",《民族文学》的"本刊新人",《中国作家》的"新实力"等等,都培养了一大批80后作家。正如80后青年批评家行超所说，最近的这二十年，既是中国社会经济、文化思潮、价值取向发生巨大转变的二十年，也是80后一代从青春期的少男少女成长为家庭支柱和社会中坚力量的二十年。80后一代在生理和精神上的全面成长，必然导致如今的80后文学与此前呈现出若干显见的变化，世纪之交那种与市场需求、商业逻辑等相纠缠的青春文学，已逐渐在他们笔下消失，取而代之的，是在内容、主题、艺术手法等多方面都变得更加成熟、更加复杂的多样性的写作。到今天，在纯文学刊物、出版市场、网络文学等各个文学场域，80后作家都占有重要的位置。而这代人写作历程中所经历的变化，恰恰构成了中国文学在新世纪发展流变的一个面向。

从诗歌领域来看，80后的一代，似乎已经没有当年70后登场时那种明显的策略意识。他们既不急于标张自我文化身份的独异性，也不刻意强调与前代的继承性，在诗风上是相当"稳健"的一代。从社会身份看，他们也主要有两类，一类是"学院派"的，一类是"非学院派"的——隐藏于社会各界与三教九流，但共同点是，文化素养都相对较高。其中"非学院派"的一类在写作上更接地气，像丁成、阿斐、唐不遇，还有女诗人中的郑小琼、李成恩，他们都是现实感非常强的诗人，当然表达个性都各自有鲜明特点；而茱萸、胡桑、严彬、王东东则都属学者型的诗人，有很强的学院背景和诗学素养，他们的写作可以说都非常自信，有从容不迫的气度，既充满知性，同时又不掉书袋，殊为难得。这两类诗人，并没有像"第三代"那样分为"民间写作"和"知识分子写作"，他们几乎已经消弭了这些对立和差异。即使是像郑小琼这种出身底层、从"打工诗人"群体中成长起来的写作者，也体现出良好的素养，也写过许多具有先锋气质的，以及"纯粹植物"意义上的诗歌。

总体上，80后一代的文学评论家、小说家、诗人、散文家，已经全面覆盖当代中国文学的各个场域。为了推动这个文学群体的健康发展，鼓励青年作家创作，我们在编辑"身份共同体·70后作家大系"之后，应出版社之约，不得不继续勉力集合"情感共同体·80后作家大系"，深感使命难违，与有荣焉。但实在说，又恐因为年龄阻隔、代沟之障，对他们的理解和阐释其力难逮，说出外行话来，令方家和晚辈嗤笑。所以，多不如少，与其在这里喋喋不休，不如让读者自去判断。

致敬山东文艺出版社的朋友们，他们高瞻远瞩的文学眼光和情怀令我们感佩不已；也致意80后的青年才俊，他们的积极响应也令我们倍感欣慰。让我们一起努力，继续为中国当代文学的发展添砖加瓦。

是为序。

目　录

总序 80后：一个情感共同体 ／ 001

辑一：春天吐出残存的积雪

汴河，鱼 ／ 003

汴河，明月考 ／ 004

孤山营，叹息 ／ 005

孤山营，马 ／ 007

孤山营，月光 ／ 008

孤山营，植物 ／ 009

苦瓜芳香 ／ 010

紫葡萄 ／ 011

明媚，明媚 ／ 012

春风中有良知 ／ 013

良知说话 ／ 014

对良知的若干解释 ／ 015

春风阅读墓碑 / 016

尚湖雅集 / 017

雨落孤山营 / 018

天使的孩子 / 019

父亲来电 / 021

青花瓷，李成恩 / 023

青花瓷，青春 / 025

青花瓷，鬼谷子 / 027

青花瓷，词 / 028

青花瓷，辞 / 029

青花瓷，狐狸 / 030

青花瓷，秋天 / 031

青春，青花瓷 / 033

青春，刀锋 / 034

青春，猫步 / 035

青春，青牛 / 037

短发 / 038

滕子京 / 039

白鹭 / 040

芦苇 / 041

看戏 / 042

鱼米飘香 / 043

忧伤小于忧患 / 044

宋代 / 045

辑二：薄雾升起

蔷薇之恋 / 049

与世隔绝 / 050

玫瑰面孔 / 051

薄雾升起 / 052

明天的生活 / 053

冬日暖阳 / 054

突然看见星星闪烁 / 055

蓝莓纪事 / 056

端午诗篇 / 057

春日小睡 / 059

通惠东路 / 060

流沙结石 / 061

双榆树 / 062

种梨 / 063

单行道 / 064

船上一日 / 065

寒冷来到 / 066

亲爱的元旦 / 067

液体钙 / 068

铁打的流水 / 069

流水苏醒 / 071

食草堂 / 072

绝句 / 073

剥柚子 / 074

味道 / 076

跳水 / 077

枝头鸟 / 079

致塔尔可夫斯基《乡愁》 / 080

故乡 / 082

真俊 / 083

池塘 / 084

皖地即景 / 085

同仁医院 / 086

细小的雪 / 088

八月的细雨 / 090

美玉与美贞 / 091

电闪雷鸣之夜与妹妹交谈 / 093

辑三：翡翠

胭脂主义 / 097

绿腰 / 098

口红 / 099

袖子 / 100

秋天赋格曲 / 101

睡袍赋格曲 / 103

着红袍 / 105

弗兰德公路 / 107

香水 / 108

高跟鞋 / 110

长安雅集 / 111

与秦兵马俑相遇 / 112

野渡 / 114

天光 / 115

月缺了 / 116

钻石 / 117

瑜伽 / 118

翡翠 / 119

元旦小刺猬 / 120

吹口哨的女孩 / 122

一块花布 / 123

瓷中人 / 125

菠萝 / 127

玉兰 / 129

木棉 / 130

狐狸偷意象 / 132

反对撒娇传 / 134

漏水 / 136

翡翠的月亮 / 137

匕首 / 138

探险家 / 140

李白 / 141

让·波塔西 / 142

云豹 / 144

朱砂 / 146

弓箭手 / 148

柔软的大地 / 149

渐变的颜色 / 150

吃夜草的马 / 151

辑四：锁骨如雨

立秋后听蝉鸣 / 155

雨后听蛙鸣 / 156

一颗星星照着我入睡 / 158

旧单车 / 159

一把铁锹 / 160

在中秋 / 162

中秋，扁桃体 / 163

辞乡令 / 164

锁骨如雨 / 166

睡眠山水 / 167

雪的羞涩 / 168

柔软的来客 / 170

狒狒 / 171

行走 / 172

春天的钉子 / 174

春天鸟在叫 / 175

春夜静 / 177

鸵鸟的世界观 / 178

在九华山 / 180

九宫山 / 182

菩提岛 / 183

端午的雨 / 185

父亲与蝉 / 187

年关 / 188

雪夜幻景 / 190

滴水成冰 / 192

四书五经 / 193

花生 / 195

结冰的树 / 197

橘子 / 198

绿树 / 199

春秋来信 / 200

高楼镇,清 / 202

高楼镇,李成恩 / 203

辑五：通天河畔

黑暗点灯 / 207

寒冷的礼物 / 208

你怎样获得我的爱 / 209

称多县 / 211

通天河畔 / 213

结古镇 / 214

卡日曲 / 215

晒经台 / 216

草与乌云 / 218

我遇见一座雪山 / 219

柴达木的霞光 / 222

帐篷里的人 / 224

仙境 / 226

与狼对视 / 228

草原铺薄雪 / 230

察看雪山 / 231

雪山星夜 / 233

过西域 / 234

禅的行囊 / 236

马上思 / 238

白狐传 / 239

暴雨传 / 240

割草传 / 242

温柔传 / 243

陌生传 / 244

细雨传 / 245

桃花潭水 / 246

爸爸骑着乐器的马 / 248

爱不会衰老 / 249

阿尔山之恋 / 250

渔浦 / 251

九月 / 252

唐诗之路 / 253

李白寻访贺知章 / 254

壮游 / 255

我爱你 / 256

辑六：忽闪之念

忽闪之念 / 261

附录：诗论两篇

山水精神过滤后的清洁之气 / 287

诗歌为生活立传 / 290

辑一：春天吐出残存的积雪

汴河,鱼

汴河,洗尽少年欢乐
所以我清澈见底,在异乡从不带悲伤
随遇而安

汴河,少年捉鱼
全是瘦瘦的小鱼,像古诗词一样柔弱
我只是捉在手里

汴河,你的鱼
太小,又活蹦乱跳,我的少年也是
太小,柔弱无骨

汴河,水流十八年来从不改变
我的口音早就改了,自己都不知道
汴河话里的鱼是否还像少年一样活蹦乱跳

汴河,小鱼跃出水面
在十五年后的梦里翻滚,都是瘦瘦的游子
所以你们看到的女诗人都是波光闪闪

汴河,明月考

汴河的月亮比北京的月亮要亮
凡是到过汴河的人都这么说

是的,我从汴河来
我深知月亮是有地域性的
北京的月亮要圆一点
而汴河的月亮有时扁,有时又湿漉漉的
好像可以揉搓,可以抱在怀里浪迹天涯的月亮

我小时候在汴河与月亮对话
我问她:你看惯了两岸投河的夫妻吗
月亮说:我当然看不惯,因为他们投河时都向我发誓
我是厌弃了人世,我想到月亮上享受余生

天上人间,莫过于汴河上的月亮所述

汴河月又扁又湿漉漉的
照在身上有透彻的凉意,深夜里想起死去的人
他们都在汴河月上集合

汴河两岸升起的月亮
一直跟着我走了七八年,今夜我仰望星空
才发现北京的月亮就是汴河那个投河的月亮

孤山营，叹息

孤山营，我的清晨与黄昏
孤山营，青春与青年混为一谈
只有时光的手一页页翻动书本

夜里，我听到孤山营的家禽发出
类似我那一年离家时的叹息
它们都比人善良，比人懂得爱怜

到处都是人声、读书声，动物的跑动
孤山营的一日，北京城的市民往返于近郊

我在夜里数孤山营的星星
一颗两颗，大约有一百颗
都是残星，环绕在孤山营的上空
我失眠与此有关

我的担心是诗意的，因为我看到孤山营的
村民的日常生活，带着不谙世事的味道
好像他们是世外之人，他们可以漠视金钱与名利
当然他们是物质中的孤独者
孤山营，你教会了我什么是冷漠与热情

对生活，我向来是理性中的孤独者
不说梦话，但我像个梦游者
这两年我数次与孤山营的孤独者在山中相遇

孤山营，马

这些北方的男子汉，跑起来有一股尘土味
我闻了又闻，总觉得他们应该到河里洗澡了
孤山营的男人与女人，纯朴而善良
但他们的衣服脏脏的，与马儿混成一团
脸色也暗淡，身体高大修长，女人包着头巾
像马的毛发，颜色诱人

我看到孤山营一群到树林里散步的马
他们一会儿抬头，一会儿低头
样子很怪异
但他们肯定是快活的
不然他们不会向我发出难得的叫声
我回答他们：林中的骄子，我爱你们
我愿意与你们为伍

孤山营，马儿汇聚，夜色里一群群孤独者
在我梦里狂奔，一年又一年，我会静静倾听
孤山营的响动，夜里马儿齐聚孤山营
只要我一声叹息，他们就会抬起前蹄向京城狂奔

孤山营，月光

一地的月光，我看了就头晕
一地的月光，仿佛是我梦游时遗落的词语
孤山营，关于你的词语今夜我向外透露
在古代，孤山营一地的月光肯定是违法的
那时我还在城里。孤山营这个小村落
月光干净，自古以来，月光照得最亮的地方
必有像我这样失眠的女子，我在孤山营
被月光照晕了头。在月光下飞翔
我的翅膀轻轻开合，孤山营也动起来
睡梦里的群鸟与马厩里的马，惊醒了
他们望着我，先是惊讶，白天还是一个好好的女子
怎么到了夜里就像月光一样飞起来了
然后，他们都笑了。我想他们在做梦

孤山营，一地的月光，但我异常清醒
头晕的是另一个村民

孤山营，植物

这一生，我认定植物是最可信的
孤山营的生活平静
我时常深入树林深处
一个人，加上身边的树影
我在孤山营的这些日子
都与植物有关，正直
保持野外独立的品格
它们默默地围在你身边
我喜欢它们这样的姿态
它们都挤在一起
默不作声，这就够了

生活在孤山营，要善于与植物交流
否则你就要孤独死
我学会了好几种植物的语言
我知道植物的内心没有阴影
因为它们把阴影投射到了地上

我知道的孤山营，也只是这些
植物们，都保持沉默，我也会像它们
在孤山营，把阴影从内心全部赶走
身外的事我就不管了

苦瓜芳香

夏日即将结束,燥热的心情在平息
我吃苦瓜,心中似有难言的痛楚

苦瓜的汁液在我嘴角散发植物的清香
我莫名地暗暗流下泪,昨夜梦见不在人世的妈妈

妈妈,散发植物芳香的妈妈
你在另一个世界与我的心紧紧拥抱在一起

我看着盘中的苦瓜,手中的竹筷颤抖
那一年我只有八岁,妈妈走了

我孤独地在人世,就像翠绿的植物
在夏日生长,现在又入秋了

入秋后,我要好好品尝苦瓜
我喜欢它在人世散发出的植物芳香

紫葡萄

紫葡萄,哭泣的紫色秋天
我要摘一篮子紫葡萄
我提着紫葡萄,低着头
体会伤心与沉默
体会秋天远去

我内心的疼痛就像这串紫葡萄
带着饱满的泪
我脸色微红
我身体饱满

我说秋天是我命中的情人,他不说话
像只大鸟,坐在树枝上
看我吃葡萄,看我像一颗紫葡萄

紫色的葡萄,汁液打湿了
季节的秘密,我是透明的
我是紫色的易碎的
我今天回不了家
因为我的情人还在树上
我坐在树下守着一篮子紫葡萄

明媚，明媚

春天吐出残存的积雪
明媚来到我床前，叫醒我
起床后就可以写诗

春天吐出残存的积雪
明媚抚弄我的脖子，脖子酸痛
好像被冬天击伤

春天吐出残存的积雪
明媚突然升起，抬起灯盏
照亮我青春的泥泞

春天吐出残存的积雪
明媚升起五里晴空
奔跑的少女
一脸生长的表情

春风中有良知

春风中有良知,翻起层层细浪
我看见池塘深处多年前的淤泥
像一个人的内心
羞愧得如此清澈

春风中有良知,翻起枯枝败叶
我看见树木的脸上下翻飞
像一个人的内心
心绞痛绞杀了他的羞愧

春风中有良知,翻起故乡的炊烟
我看见人类的故乡死而复活
像一个人的内心
堆集在小小的黄土坟上

春风中有良知,翻起历史的旧账
我看见马匹掀翻了强盗
像一个人的内心
卷起细浪、炊烟与枯枝败叶

良知说话

人人都遗忘了我,因为我是你内心的障碍

人人都想得到良知的拯救,但我是有选择性的
我守在路上,我看见曹操来了
他怒气冲天,他对我说:宁可我负天下人
而天下人不可负我。我表示你尽可以这样做

我看见春风中有良知
但我在强盗眼里是看不见的
他们像曹操那样怒气冲天地奔跑
像一群大脑肿胀的人
他们尽可以这样做

但良心受不了,其实良心就是你的一条命
就是你铁石一样坚硬的心脏,击中了曹操

我反对过暴力,我反对曹操
我是《三国演义》中温和的说客
一直以来,我深藏不露,我一暴露
就有人捂着心脏满地打滚,就有人泪流满面
抱着祖先的墓碑叫我

对良知的若干解释

深夜里我出门散步,看见春风中有良知
照亮西天,吹得我想了又想前半生所犯下的罪过

我杀死过一只病猫,它日夜挠我
我还看见春风无力拯救将死的青山
青山顶着石灰,一支送葬的队伍哭尽了泪

我所理解的良知,在古代它是有形的
庙宇里供奉的菩萨,刻在石碑上的墓志铭
都能看得见,虽然我听不到良知的声音
但能看见良知破败的衣衫,愁容满面的脸

现在我看不见良知了,我只看见村头土地庙里
一窝生蛋的鸡,它们还坚持在过自己的生活

走过几千年的断桥,我看见良知投河了
它的哭声我在送葬的队伍中听到过
那落水的扑腾一声像老舍那样近
像王国维那样真实,良知投河了

在岸上奔跑的曹操,怒气冲天
他高举的大刀砍在春风的脸上
良知的水面马上溅起了老舍与王国维的泪光

春风阅读墓碑

我来到墓地,白云扶着我
我记起妈妈搀扶着外公,离我们而去
那是前后几年的事

心中的伤痛刻进墓碑
一刀一画刻着生离死别的血泪
青苔也像一群没娘的孩子,冰凉的脸

抚摸亲人的墓碑
仿佛抚摸妈妈的脸,石头的文字
字字如露珠,记录生者对死者的哭诉

春风阅读墓碑
连春风都弯腰致敬,连春风都认得我的亲人
他们在清明齐聚李家墓地,与亡魂相聚

尚湖雅集

我直奔荷香洲内的牡丹园,扑面的江南
我要与你的清香混为一谈。先谈湖边垂钓的姜太公
再谈虞山派如何浮出水面,像三千年不败的尚湖

江南温顺,纣王脾气暴躁,而常熟鱼虾肥美
风吹杨柳,加深了我的羞愧
三月三,幼童骑竹马
羞愧的女子翻琴谱,像燕子剪断羞愧的杨柳

三十万株树木倒映尚湖的美
我混入其中,内心的斧子磨了磨
在常熟我移植了江南最大的牡丹园
但与三千株牡丹无缘相见,我内心的斧子怦怦乱跳

我从北方南下,身体突破了尚湖的堤岸
练书法的手臂撑在常熟的栏杆上,我要想一想
三四天后如果还不下细雨,我就错过了
尚湖春梦

我江南的游园惊梦到此为止
不是我害怕昆曲夺走了我,而是我的行程上
写着:常熟雅集,了却少女剑胆琴心

雨落孤山营
——悼念任继愈、季羡林先生

雨落孤山营,孤山像雨中的菩萨
一排排闪烁的马头在雨水的冲刷下
纷纷抬起来,望着我说:仙风道骨的
任继愈火化了。孤山营的草木
拥抱孤山营马头一样闪亮的雨

雨落孤山营,孤山像无神论者
也要修寂,也要一身湿淋淋的
呆立在我的梦境。季羡林也告别了
人世,人世只剩下孤山营拥抱闪亮的
雨。推开雨,我看见一排排菩萨
张开嘴,饥饿的生命渴望死亡的喂养

我抱着最年轻的马头,从梦境里滚落
四蹄飞舞,大雨狂奔,嘴唇朝向孤山营
喊:雨中的菩萨,我发亮的梦境

天使的孩子

天使的孩子不说话
她面对生活微笑
在黑夜里仰望星空
赤裸的双脚在镜头里奔跑

我面对生活有时哭泣
但现在我学会了微笑

春天的早晨我看见镜头里的泪水
像绿色的雨水打湿了观众的脸
我们都是天使的孩子
天使的孩子不说话
生活像空镜头打在我们惊恐的脸上
我还没有学会微笑之前
我饱尝了哭泣的侵略

我为什么双眼明亮
因为我的双眼经过了泪水的洗刷
就像天使的孩子,她是众多孩子中
唯一不向生活低头的孩子
在影片赏析课上老师告诉我这部片子的缺点
但我偷偷对自己说

天使的孩子与我一样
我们有相同的心灵，心灵啊我不曾屈服
我没有屈服于生活

这是我从电影里带走的孩子
她与我一同走在北京的街道
看见我从冬天闯入绿色的春天
看见我偷偷擦拭青春的热泪
看见我在冬夜里从梦里惊醒
眼睁睁等待黎明的门缓缓上升

我与天使的孩子
微笑着一起奔跑在生活的镜头里
春天的音乐轰鸣
我的脚步加快，嘴里大叫
天使快跑，天使快跑

父亲来电

父亲来电大谈孔孟之道
窗外细雨淋湿花园里疯狂的葡萄
青春之道与孔孟之道
同时在电线上发出刺刺的回音

什么是良知?父亲告诉我
一个人在故乡游泳,他的天地
再自由不过了。浪花推着他向前
而你在异乡,异乡的细雨
纠缠不休。这也再正常不过了

但是良知滴在紫色的葡萄上
她却羞红了脸。这就是良知
这就是青春之道,到了年底
你的运气在翻开的皇历面前
获得亲情、爱情与良知的恩惠

父亲所讲授的无非是博大的爱
无非是故乡的公鸡鲜红的鸡冠
所标榜的是非,以及弟弟一样的
激情,弟弟一样的公鸡
在父亲的晚年,在汴河上踱步

孔孟之道与充血的鸡冠
点燃了我眼里噙着的泪水
父亲熟读皇历,他说命运的变化
正如异乡的细雨,一滴滴通过
电线传达出了公鸡一样的杂音

青花瓷,李成恩

我骑着一匹英俊的枣红马驹奔跑在徽道上
刚下过一场细雨,青石板上马蹄清脆的击打声声声如梦
我记不清这是明末清初,还是更早时候的事
反正愚蠢的官府在灵璧县的破城墙上贴出了告示
我连夜出逃,英俊的枣红小马驹一路打着响鼻
它闹不懂它家小姐为何要逃出那个青花瓷的朝代

告示写得很清楚了:李成恩,善青花五彩
私藏有山水人物、龙凤花鸟、鱼虫走兽
冰梅、耕织图、刀马人、双犄牡丹等青花瓷器
现捉拿此人,必有重赏。下边画着我清瘦的脸蛋
脸上是灵璧县令鬼画桃符的签名。痛苦啊那一年
我身败名裂,家中三千瓷器是我爷爷的全部家当

我一直向南逃,那个朝代郊外桃花不败,景色娇美
燕子乱窜,采诗的官吏背着一个布书包随处记录
我捂着半边清瘦的脸蛋,直奔滁州我奶奶的娘家
一进门我受到了热情的接待,奶奶的老娘好奇地
打量我——你就是李成恩,俊俏之人善青花五彩

后来的事是我在滁州躲了好几年,天天上醉翁亭
在琅琊山发现了高岭土,我欣喜若狂,放在嘴里

咀嚼，绝好瓷器的胚胎就在我的味觉里，多神呀
我后来烧制的鬼谷子下山图罐，成了县令们朝贡的抢手货
多少年过去了，现在我回灵璧还心有余悸，尤其是细雨
　　飘飘的
傍晚回县城，猛一回头我看到城墙上还贴着捉拿李成恩
　　的告示

青花瓷，青春

古老的青花瓷，我尘封的私窑
我前世劈的木柴，我祖先喂的牛马
朝廷热闹，帝王把玩瓷器
我的私窑寂寞于野外，相公呀
挑着一担露水的相公五更起床
点燃我前世的私窑

青春在网络上奔走相告
秀水街的下午，后海的酒
穿越时空的醉意，穿越前世的姻缘
相公呀，你点燃了我青春的私窑

这十万青花瓷铺满了我的后院
人生的福佑莫过于与青花瓷相拥相抱
那沁凉的感觉直达青春的血液
今夜我要与青花瓷交换细小的腰身
醉倒在我青春的私窑

古老的青花瓷，我绣花的肉体
我栩栩如生的前世姻缘，清瘦的相公
一担露水浇在我泥胎的青春，点燃木柴
我绣花的肉体在前世的火焰里发出尖叫

是的,这就是我青草一样鲜嫩的青春
我前世一样古老的青花瓷

青花瓷,鬼谷子

滴答滴答的细雨下了快一个月了
雨打芭蕉,绿色的小舌头舔着山坡
草木弯腰,又弹起来,细雨的舌头抚过草木

大地复苏,一只元代青花瓷,鬼谷子下山图罐
赤裸裸放在李家祠堂檐下,细雨滴答滴答滴进她的嘴里

她得了饥渴症,夜夜喊救命,夜夜喊饥渴
鬼谷子坐虎豹车,穿蓑衣,仙风道骨就活起来了
细雨滋润你干枯的喉咙,仙风道骨的青花瓷
仙风道骨的大地,绿色的小舌头舔着青花瓷
粉嫩的脖颈与粗壮的腰身,疯狂的火舌头

在李家祠堂檐下,鬼谷子抱着青花瓷笑谈战国乱象
雨打芭蕉,兵荒马乱,燕国的柳树垂钓云烟
齐国的梧桐戴凤翅盔,着战袍,在雨中奔跑

鬼谷子的秃顶闪着火光,仙风道骨也得了饥渴症
青花瓷也在厮杀中喊救命,鬼谷子呀你这个饥渴的舌头

青花瓷,词

光滑的器具,泥胎的腰身
历史绣满花纹,抬头看见老爷、姨太太
与扫地的鹦鹉。历史的影子在客厅里移动
把光线扫到发黄的词里

光滑的器具,发黄的词
看书的老爷咳嗽,倒茶的姨太太扭动泥胎的腰肢
明清多寂寥,瓷器丰盈
瓷器里的秀才以一生的才华渴望被发现

光滑的器具,清瘦的秀才
词与词的较量引火烧身,秀才造反
皇帝怪罪一个俊俏的丫头
砸碎书房里的瓷器,只留下声声啼哭

光滑的器具,揪心的哭泣
拎着秀才的头颅,你看你看
知识如此清苦但力量却冲破了书斋
多少年后我才在光滑的器具里掏出生锈的词

青花瓷,辞

一上来就听到你说修辞,其实我不懂
楚国有人打铁,把一条粗壮的胳膊锻打成
发亮的瓷片,或许是辞。学术活动在楚国频繁
我只认得屈灵均与文言文,长发青年坐在青花瓷里
修身养性,他是祖国的穷书生
小心地伸腰,像辞

一上来就听到你说修辞,其实我不懂
放在屈灵均的案头,急于说辞
泪光闪闪的辞,官兵问路
一口方言的辞,要杀了诗人需要谋划吗
他抱起青花瓷就栽倒了,太沉太滑
内心在喊救命,像辞

一上来就听到你说修辞,其实我不懂
死的心都有了,理想像辞
失意的楚国,夜尿的官兵
兵器掉在地上,惊醒了长发青年
他喊屈灵均,他的脸急得发青
瓷器兽静坐在月光下,楚辞瘦小的脸发青

青花瓷,狐狸

我怀疑我前世是为官府烧制青花瓷的工匠
因为夜里我常有挑着一担泥坯气喘吁吁的梦境

青春期一过,我就提早怀旧了
我怀疑是我家客厅那只价值不菲的青花瓷给我托梦

她有着性感的身材,白色的部分类似古乐般纯洁
蓝青花则无限暧昧,好像她是世上唯一懂得妖媚的狐狸

夜夜梦见我陷入官府的债务,柴火烧起来
映红了我一张泥胎的脸,烧完这一只青花瓷就大梦初醒

收拾我的工具回家,丢下泥胎身与狐狸脸
一切恍如梦境,一切陷入官府的债务

我如花美眷的青花瓷,骨头都是温柔的蓝花纹
我似水流年的青花瓷,一只妖媚的狐狸端坐我家客厅

青花瓷，秋天

光线从绿树冠越过，照射青花瓷的细腰
逻辑静止，秋水恬淡

我迷恋唐朝，研修女红
对财务也情有独钟，在秋天伸出懒腰

懒腰闪烁，秋虫细碎
我端茶倒水，养了一盆翠竹、两只绵羊

困顿是有的，但清醒的时候
我进入烧制青花瓷的工厂，简直是梦游

秋天也是梦游，山岗上冒出的动物
跑过来跑过去，与青花瓷瓶拥挤在一起

我的前额光洁，手指如竹
打扫庭院，树上的红果坠落，我一惊一乍

自然界的变化不是我心灵的变化
今夜月亮坠落时天地的暗淡一下子控制了我

我相信劈开的木柴里藏着的青花瓷瓶

是我的所爱,也是我值得赞赏的秋虫

青花瓷伸长脖颈,修长的逻辑
像女红,像财务,清淡而陌生

青春,青花瓷

我摸摸脖子,发丝缠住了耳坠
哎呀呀我鲜红的嘴唇碰到了青花瓷
她叮当叮当的回音像青春的脖子一阵阵痒

我摸摸脖子,青花瓷一声尖叫
哎呀呀青春的花猫抓住了我的发丝
耳坠叮当叮当像青花瓷的脖子一阵阵痒

我摸摸脖子,红色的旗袍缠住了我的青春
哎呀呀腰身的尖叫是青花瓷的尖叫
学习她静止的美德,控制住内心一阵阵痒

我摸摸脖子,温热的气息是青花瓷的气息
哎呀呀青春仿佛成熟,花猫习惯尖叫
我晃晃悠悠抱着青花瓷一阵阵痒

我摸摸脖子,火焰的脖子
哎呀呀青花瓷妖媚的身式里布满了尖叫
那是青春的尖叫,让我摸你一阵阵痒

青春,刀锋

你见过深藏不露的刀锋吗?它流着青春的血
写着爱情、恩仇、财富与生死同盟

一阵风吹起,我热血沸腾
这是什么风?这是深藏不露的刀锋

青春从不会沉默到底,青春直面刀锋
革命者抓住刀锋,就抓住了敌人的衣领

交出你的阴谋,打断你的门牙
青春的尖刀从你的胡须上滑过,你必开口喊救命

我杀死的强盗如今都成了肥头大耳的鬼魂
他们痛恨青春,因为青春发出呼呼的风声

青春快马加鞭,青春吹断杨柳
直抵茅蓬,救出你的哥嫂,救出受苦的人

青春，猫步

青春总是带着发甜的圆舞曲，而猫有九条命
九条命的妖猫，圆舞曲的青春

今夜北京亮起了新年的灯笼
妖猫喊春，春天陷入了舞池

跳猫步的人像流星滑倒
画着猫脸的人叫春，灯笼齐喧哗，九条命显灵

清理脸上的爪痕，九条命清晰
滑行的猫步，鲜红的舌头呕吐出青草

九次致命，九次死里复生
九次青春，不抵一条猫命

冲锋陷阵的先生抢亲，猫腔划破长空
一队人马走过王府井，春天尾随花车

今年结婚的人不怕冷，猫爪子举起来
赤红色的，温暖的，恩恩爱爱的新人

青春葬于甜腻，画猫脸的人牵着婚纱

他们陷入舞池,雪落猫步,冰冻爪印

滑行的猫步,鲜红的舌头呕吐出青草
青春总是带着发甜的圆舞曲,猫有九条命

青春,青牛

青春骑上了青牛,卢照邻唱的是《长安古意》
长安大道连狭斜,青牛白马七香车
一路上踩着节奏,四蹄击在青春的鼓点上

我骑上了青牛,我唱的是《隋书·礼仪志》
立春前五日,造青牛两头,耕夫犁具
立春,迎春东郊,竖青幡在青牛之旁

卢照邻显得比我兴奋,他的才华胜过了我
我迎着青牛走去,青幡是我的青春之旗护我
卢照邻与我都有意实现当牛倌的理想
我没有青牛白马七香车,我只竖青幡在青牛之旁

我不是契丹人,无缘骑白马浮上汴河
我只刷青牛,立春一早就出关,我只跟着一人
他叫老子,青春跟随老子降服见人吃人
见物吃物的凶牛,卢照邻回了长安

我留在青春的乡村,造青牛两头
耕种十里汴河,犁具在浪里翻滚

短发

长发飘飘十八年,青春灰飞烟灭
美好的旧日子,破损的诗篇
春天里穿绿衣服的邮差报喜讯
红色封面表达我对生活的敬意
唯有短发,唯有短发奔腾
红唇夺爱,诗篇绝不奉献给多余的人

长发飘飘十八年,一剪泯恩仇
美好的旧日子,破损的诗篇
北京春风吹拂,我心依然平静
坚强的女人否定了柔情的男人
西直门的河水化解了一层薄冰
唯有短发,唯有短发奔腾
子弹头一样的城铁如短发破冰

长发飘飘十八年,黄色燃起火红
美好的旧日子,破损的诗篇
短发战士发出黑色的求救
美与不美,冲锋与陷阵
在这个暖春,短发战士一意孤行
残留的短信好比短发红唇
短发的青春史
我私人的早春

滕子京

滕子京,滕子京
洞庭湖水激起白色的浪花

我向岳阳郊外走
我遇到的人,他们说湘北方言
挑竹箕,双脚在湖水上飞
我叫:滕子京,滕子京

请你停下来,停下来抽烟喝茶
那个朝代已经远去,岳阳秋阳正暖

白鹭

它们从宋代往南湖宾馆这边飞
一路上丢下鸣叫、粪便与带血的羽毛

戴棕色斗笠的杜甫遇见赤脚的屈原
屈原的灵魂站在水里,杜甫弯腰致礼

白色的衣袍,瘦削的脸,屈原个子不高
我所见的杜甫是那只疲倦的白鹭

芦苇

根茎在悄悄腐烂,叶片疯狂生长的
气味,在岳阳近郊我确信闻到了

别人匆匆行走,我的鼻息被岳阳抓住
——你用劲吸一根芦苇,甜丝丝的风
凉爽,洞庭湖在一条鱼的腥气里翻身

这里的人个个像芦苇,腰杆弹性十足
这里的人穿雨靴、打阳伞,连飞过洞庭湖的
麻雀都头顶一片白色羽毛,扮演滕子京

看戏

庆历四年春,看戏的人搬个木板凳
早早坐在我身边,他讲文言文
我显得太落伍了,唱腔里的湖水
灌进我的耳朵,我仔细询问
嗟夫!予尝求古仁人之心

那个年长的渔翁,掀起白色的长须
突然大叫,像被贬后的士大夫发出
痛快淋漓的誓言:嗟夫!予尝求古仁人之心

木板凳又窄又高,看戏的人终将起身
我枯坐人群
噫!微斯人,吾谁与归

鱼米飘香

湖底清澈,鱼群开大会
把耳朵贴在水面,能听见一条鳊鱼在做报告

我不便在洞庭湖边奔跑
因为我一奔跑,鱼米即刻飘香

江晚正愁余,山深闻鹧鸪
说的是另一个朝代的故事
我还是一路小跑拐进了南湖宾馆

忧伤小于忧患

大家跳上木船,有人差点碰到鱼的脊背
有人心里晃动,从发呆的面容可知片刻的失常

马上又恢复了彼此信任的交谈
范仲淹的才气大过一个小国,但是
杜甫的忧伤还是小于范仲淹的忧患

宋代

在岳阳三天,我从门缝里看忧患
宋代的忧患来敲门,咚咚咚

谁呀?你为何比我还喜欢夜鸟的鸣叫

我在岳阳楼下拍照
后退后退,扑通一声、哦呀一声的
宋代,它忧患的线条又美又惊悚

辑二：薄雾升起

蔷薇之恋

分得蔷薇种,新妆学道家。
——清·张仲英《黄蔷薇》

花香构成致命的伦理
道德,道德香气扑鼻

蔷薇之恋
精神之恋

唯有园丁深知月夜下你的羞涩
而偷车贼一头撞到小区的蔷薇丛中

哦罪过
道德在自行车与蔷薇相撞中惊醒

暖春的新妆,白色的花蕊
我所尊重的伦理,种在我的心里

夜里打坐的人,他含羞
仿如蔷薇爬上围墙,道德升上夜空

与世隔绝

虫子弯曲的身体在木头里发胖
它一旦冲出囚禁的真理
就会变成一头大象

我们的人生
何尝不是错误
你以为我们活在人世
其实我们与世隔绝

与世隔绝的不只是虫子
来到人世的不只是大象

生死两茫茫,天上人间
我初识虫子与大象

玫瑰面孔

玫瑰是女性的火焰,她抬起脸
抬起玫瑰的面孔,呵清新
像玫瑰雾,折断你的眼睛
折断鸟鸣,伸长的脖子里发出的歌声
卡在玫瑰的早晨

我转过玫瑰面孔,略带质疑
为什么都挤在一起燃烧,好像错过了
燃烧。早晨带着玫瑰面孔
叫醒我,生活的囚徒
一群戴玫瑰面膜的女孩,叫着冲进早晨

笑声打乱了鸟鸣
笑声打翻了牛奶
戴玫瑰面膜的女孩,我的脸静静燃烧
呵玫瑰雾,多清新的雾
挤在生活的学校,一堆粉红色的青年
奉献冬天里鲜艳欲滴的面孔

薄雾升起

鸟的声音凝固在屋檐下,长长的细细的
夜的寒气盖在姑娘的锦缎花被子上

呵薄雾,类似青春期
向左飘散,然后又向右飘散
我不知薄雾为什么要那样飘散

我走进薄雾,才发现我也向左
然后向右,像薄雾一样晕头转向

太阳一出来
所有的薄雾一下子就站立起来了
向我致敬:你这个代表青春的姑娘
混入薄雾中向左飘,然后又向右飘

我喜欢左右不定的
太阳冉冉升起的有雾的清晨

明天的生活

明天的生活会伸出植物鲜嫩的茎叶
露水也平和,蔬菜盛在竹篮
屋角挂明月,床头结姻缘
而电灯显得多余,书卷更多余
饶舌的,简朴的
一切都安睡,唯我起身数秋夜的月光
有多碎,有多复杂
啪啪,谁在打石阶上逃命的蛇虫
冷得发抖的邻居,洞察世事的老人
我眼睁睁看着人世在秋夜变冷
落叶坠向大地,小孩子抱紧妈妈
突然惊醒,一场童年的梦带她飞奔
这一奔跑就是二十年
明天的生活从什么样的梦境开始
逃命的蛇虫僵死了,脱下皮囊
啪啪的声响中我眼睁睁地看见月亮也隐身了

冬日暖阳

它照在我身上,我感觉到丝绸在燃烧
我穿过空阔的广场,我来到冬日暖阳下
它打了个寒噤,像所有的阳光一样
我缓缓移动,不发出一点声响
它是那么缓慢,像丝绸在皮肤上燃烧

冬雪降落,阳光融化
一切都是这样有序,而又缓慢
乌鸦低头,野草枯萎
我站在枝头,我张开寒风的翅膀

乌鸦也懂得羞愧,它与我对视了一会儿
就低下头,它眼里的泪水在阳光下闪烁
像是生活边缘的艺术家
乌鸦制造了美的事故

突然看见星星闪烁

这是在十二月的北京,我一抬头
看见了星星闪烁

也就两三颗
最多三四颗,今夜的寒风吹乱了
这少得可怜的星星

星星在十二月冷得要掉下来的天庭坚持
我不知她们能坚持到什么时候
如果她们突然不见了,只剩下
漆黑的夜空,我会点起灯盏
像她们一样在寒风中坚持
直到我坚持不住了

寒风吹得我头发乱了,我脸上的妆容也乱了
只因她们在天上闪烁,我才感到不安
我才想到如果她们突然不见了
我才会像星星一样冷得雪亮
我才会孤独得要到天上陪伴这寒冷的夜空

蓝莓纪事

蓝莓,女性的腰身
或者她只是爱,发甜之爱
迅速消灭了味觉

挺立的枝叶,发甜的宴席
月色迷人,盘子里的刀叉发出响声

喂,迟到者跳起了蓝莓之舞
音乐发甜,脚步细碎
长发小妞与冒牌绅士喝酒
十九世纪的后花园,法式浪漫
田园夜色剪短了后腰

吹嘘说爱情发甜的家伙
突然伏在夜色里抽泣
夜鸟的叫声在十九世纪的后花园
一声声如蓝莓流出酸甜之气

端午诗篇

艾草入诗,荆楚雄黄遍地
空中传来采诗的谣曲,幼童侧耳细听
屈子来了,他抱着发白的石头
他要去汨罗江,楚国伤了他的心
一边发出苍老的哭声
一边完成传世的诗篇
鱼啊,扑上来,这个人是楚国悲伤的诗人
抬起他的肉身,抬起他古老的灵魂
他飘飘的布衣,他腰间的酒壶
他高贵的灵魂,他衰老的肉身
在汨罗江中漂浮,那个朝代也在汨罗江中
漂浮,君主啊你的诗人与鱼为伍
与艾草为伍,石头在诗人怀里也哭了
只有沉到水底,他的泪水才能止住
他伤感的肉身才能平稳地静止于那个朝代
端午的龙舟来了,划船的男人是屈原的后代
抛粽子的女子是忠于家国的女子
两岸围观的子民,说着楚辞的子民
他们都看见了屈大夫抱着石头
一脸泪水,破烂的长袍在风中哭
他沉到了汨罗江,他沉到了那个朝代的民间
他诗篇里的君主,他诗篇里的人民

以江水洗面,以艾草缠身
在汨罗江,端午热闹,龙舟急切
远去的朝代谁也没有了怨言
那是祖先们的事,现在我们只怀念悲伤的诗人
他的肉身在白色的波浪里翻滚

春日小睡

难得的宁静止息于北京的午后
我的呼吸挽救了疲惫的奔波
停下来朋友,放松对生活的警惕

我隐隐感到春天的手抚摸了纸笔
写下来朋友,对生活的怠慢
写下来就成了一对冤家饮茶对视
彼此原谅了无知、耻辱和利益之争

小睡的还有春天的蚊虫
她们挤在一天天发绿的矮树林中
诗人北岛回到北京,见到香山、十三陵一带
开始发绿了,而蚊虫怠慢
小睡一日胜过春天勤奋的绿树
他们枯萎的容颜,拍打我所目睹的这个世界

通惠东路

美好的旧日子，通惠东路上的灯光
映出美好的旧日子，我梳头
梳植物茂盛的通惠东路

有人在路边下棋，有人打太极
而我只是路过，只是消费灯光
石凳、街心花园与黄昏的光线
它们集体在通惠东路映出我旧日好时光

运河在两三里外流淌，那是古代的河流
我听见运河里的鱼群在梳理波浪
好像我梳头，我看见运河边的柳树
在弯腰，在点头，像我的去年与今年
我去年向春天弯腰，今年向夏天点头

通惠东路上映出美好的旧时光
街心花园的相识，偶然的握手
哦好了，这就是生活，陌生的朋友
通惠东路上扑闪的灯光

流沙结石

流沙偷偷混进体内
黑暗的骨骼,奔跑的血液
撕裂的空间逃离肉眼
情爱虚拟,天堂推到门前

春风拂面
流沙累积
血管破裂,我看见抓住你的手
高悬。这世界辽阔
折磨我,以及一个女性的词

尖叫粉碎了喉咙,惨烈
虚空与失落都还给我
散发出魔
斟酌
狂,燃烧的舌尖
身不由己的结石崩溃

双榆树

春天是你的新娘
双榆树上结婚,购物车里坐满婴孩
如入无人之境,如80年代的下午
我看见雨水如注,落在苍茫的原野

多么羞愧的甲虫
整夜吊在双榆树

晃荡荡的身躯是从前世借来的
现在还给双榆树,还给春天这个新娘
——我又不是街头吹口哨的人,我对此视而不见

种梨

把沙子种到肉里
把雨水种到大兴的树上

我要种梨,一树的果肉高悬
它们闪耀女性的光辉

大兴种梨,通州种李子
平谷种桃,我在厢房里种出语言的果实

它们在我家里各司其职
相安无事,清晨一齐向我喊叫

吃梨解酒,划拳猜谜
种梨好像打赌,收获了一树的醉语言

沙沙地咬出水分
带着甜酒的味道

单行道

与砖块,与泥沙
春季热过路边的烤红薯
与小贩,与陌生人
夏天马上握住短裙

我过来后发现走错了的人
又退回到另一边,他们在张望
指点,交头接耳,样子是纯粹的
单行道,单行道
与老人,与小孩
与世无争的人生令人向往

与交错,与平行
令人头脑发怵,手心出汗
下了的决心收回
我不反对清晨的歌唱
我不赞同暮晚的吵闹
单行道,单行道
孤儿蹦跳,鸟儿散步
都是世上最可爱的令人向往

船上一日

江水缓缓流动,芦苇跟随我一日
依依不舍的样子是人生的至高境界

我怀抱一册地理,上书爱江山
亦爱峡谷猿猴的哭叫

青山要么扑向河水,不知爱恨情仇地
奋不顾身。要么扑向我这样陌生人的怀里

鸟语亦陌生,青山亦有怀抱
只是我不曾扑倒,在船头我梳理鸟纤细的羽毛

那么光滑,那么缓缓流动
我站立船头,面容浮起来仿如隔世

寒冷来到

搬起一块石头,我搬起了冬天的寒冷
像一块被遗弃在路边的石头,冬天的寒气
拦住了野兽与家禽的出路
凡是动物都知道寒冷来到,人间换了
桃符,树枝断了,枯叶乱飞

抽刀砍在薄雾似的寒气中
我听到类似小女孩梦中被野兽追打时的尖叫
所有的手脚都一阵猛缩
野兽来了,寒气捆住了寒气

你如果不把刀抽回去,寒气到了下半夜
一定会折断你的刀尖
咔嚓一声,小女孩扑倒在野兽爪下
连爪子都折断了

亲爱的元旦

娇美的身材还不够,寒冷紧紧跟上来
寒号鸟缩头缩脑,喜鹊紧紧跟上来
昨夜欢乐抓住我的手脚,飞上天的是我的微笑
我要笑你笨手笨脚,祥云翻飞
寒号鸟翻飞,我昨夜的欢乐翻飞
神仙们端坐云霄,祝愿人间热闹
省亲的夫妻手拉手
遇见一脸喜气的寒号鸟,它们挤在一起
呜里哇啦,抱着元旦集体取暖
新年有新词,娇美的辞藻请允许我今天
放出来,放出我心里那头迷途的野兽
它摇头晃脑,一路哼着小调,喜悦的样子
是新年的样子。娇美的身材,雪白的野兽
丁零当当,脖子下的铃铛,新年的小玩意儿
响起来多么动听。我放出了
欢乐的野兽,它们一路小跑,丁零当当
亲爱的元旦,亲爱的小野兽

液体钙

春天沾满了液体钙,白色的软胶囊
崩溃来自健康食品有限公司
不要把温水久久含在齿床,鲜嫩的少年
唤起梦境中狂奔的野兽

骗人的把戏只能说穿,表演吃药的人
他最后羞愧得啼哭了一小时,抱着春天的树枝

维生素D击伤了成长的身体
晚饭后,谈话在甘油中陷入僵局

嘿碳酸钙,我今天发现了液体的错误
那是植物的同谋,制造商的计划陷入了口腔
另一个无底洞

铁打的流水

低头看见流水,时光的倒影中有人哭喊
杀了一个唐朝的阴谋,后花园与古树

粮仓高高堆起,鸟巢高高堆起
枪炮冒烟,敌人奔跑,一切都是流水

铁打的流水
铁打的阴谋
铁打的落花

流水总结了历史,阴谋与落花
总结了失败的人生,抱着古树哭喊的人生
时光的倒影中一张唐朝的脸
一张腐朽的脸上雕刻着仇恨
你是谁?你为什么要蒙面闯入宫中
你为什么要深陷大牢
把铁链套在自己身上
你说一切都是流水,一切都是历史

流水击碎了水中的幻想
流水养育了水中的哭喊
幻想成为皇帝的水中鱼着红袍

我梦见他就是唐朝的帝王
他水中的哭喊是铁打的流水在喊救命

流水苏醒

死了多年的流水,我喊她
姐姐你醒一醒
她就醒了

秋天里的事我说也说不清
比如流水,她披头散发,穿着一件
叮叮当当的外衣,好像她是伤心的演员
脸上模糊的妆容还没有洗掉
她就来赶赴今天的宴会

所以姐姐你脸上流水的妆容
泄露了你前世的身世,身心俱碎的前世
破碎的脸,把唐朝演了一段
到了清朝,姐姐你就演不下去了

所以我要说流水并不是铁打的
她是时光的肉身,她是历史的肉身
我今天喊醒了你
腐烂的那一段
那就让它腐烂吧。你抬起水淋淋的头
咿咿呀呀的流水发出了铁打的声响

食草堂

脚绑捆草,绑捆木头
原木支撑身体
绑捆柔软的手臂

食草堂喂养宠儿
原木穿进她的身体
尖刀是眼神,愤怒笨重又雪亮

女孩伤心地哭泣
她的哭泣是牛皮的

我们都是食草动物
眼神亮出尖刀,双脚踢踏
步调乱了,我看见犀牛走动
一万只犀牛走动

把脚伸进靴子
意味着你的脚像犀牛走动
林中声响,食草的声响

绝句

我一打盹,秋就没了
好像我把秋遗忘
其实我心怀艾草,眼里的红叶还在燃烧

我只身来到薄暮
一瞬间我的头颅与山丘一起融入
悲喜交集的残阳

剥柚子

今天我的手指尖尖,牙齿白色的光芒
是难得的美景良辰。如果你遇到了植物的果肉
像你的灵肉,那就是你的灵肉
尖尖的手指剥开它的皮肉
陌生的词语咬破嘴唇
我尖叫,我小小的尖叫惊动了
一棵陌生的果树,它生长在我看不见的郊外
雨水围困它至少有十年,它积累的雨水有多少吨重
就有多少陌生的想象来偿还它
我反对任何虚无的柚子树
我反对任何酸甜之美
但对柚子的淡黄色的皮,与由此滑腻的手指
我却是赞赏的,甚至充满少有的敬意
我知道任何果肉都会有它对应的陌生
但不陌生的是我的手指,直接剥开它
直接告诉我:雨水在我张嘴的时候
哗哗落在盘子里,洗掉酸甜之美
洗掉白色的薄雾似的一层层的词语
它们阻碍了我今天回到城里与你的讨论
剥柚子与词语的酸甜之美
到明天早晨是否会变质成一摊雨水
盛满初冬寒冷的天空,我想我该伸去

尖尖的手指剥开柚子羞涩的果肉
哗哗的雪水就四散开来

味道

说你不上研究,你的味道
散发鸡蛋的腥味,混合着尘土
青草成长的味道
词根露出,脚趾生动
味觉敏锐的男人做了厨师
迟钝的女人不上研究
她坐在食品中间念书
不关心物价,不关心天气
空气中飘浮起鸡蛋清醒的味道
雨水骤然降临,光头洗头
青葱的味道,白面如同姑娘的脸
生活列出属于你的食谱
姑娘呀,味道复杂
气味变化莫测,一会儿是家禽
一会儿是青春,味道各异
但都是你的味道,貌似
白面里长大葱,嘎吱嘎吱的
味道,植物的味道
哲学一样干净的
词根一样坚硬的味道

跳水

这不是水,是蓝色的玻璃微微晃动
如果你的身体真是你的身体
从跳板上倒栽下去的就是另一个人
如果你的尖叫唤起了你荡漾的恐惧
从跳板上跳下的肯定是别人的身体
蓝色水面向你打开一个通道
你在张望中踮起脚尖,这个时候
如果有人在后面推你一把
你还有退路吗?没有了
因为你溶入了蓝色玻璃
你的头插到了玻璃里,水花溅起的是玻璃
破碎的声音,你知道你的肉体嵌入玻璃中
你像一条鱼摆动你的四肢,张开你的嘴
你企图挣脱玻璃的囚禁
因为你意识到跳板上的怀疑是错误的
推你下来的那个人虽然是另一个自己
但你后悔了,你想浮出水面
你在玻璃里迷失了你的身体
夏天的炎热迷失在你身体里
你的身体只是一个漂亮的符号
在半空里翻滚,迷失,抱紧
然后跳下去,但跳下去的是另一个人

你此刻还僵持在跳板上哆嗦

蓝色玻璃啊你倒栽下去就变成了水的一部分

枝头鸟

我抓住枯枝,折断枯枝
发呆的枝头鸟,它站在枝头差一点滑倒

我扶住枝头鸟,它的爪子像铁丝
它的头像坚硬的意象,差点滑倒

我看见冷空气扶住了它的翅膀
它颤抖着起飞,又害怕飞起来

它只要一飞起来,枯枝就会咔嚓一声折断
就像我的手一伸出去,它就大叫

天气寒冷,新年来到
枝头鸟在打盹,等待枯枝弹起的那一刻

致塔尔可夫斯基《乡愁》

精神与道德的重建,乡愁浓烈
镜头仿若一梦,音乐失声

塔尔可夫斯基在低头哭泣
我看见大师的手蒙着镜头
不喊停也不说痛,摄像机慢慢绞死乡愁

绞死忧郁的艺术,绞死灵魂的流亡
诗人在意大利心脏病突发致死

主人公安德烈,手持烛火
踩着意大利的温泉

背叛故乡的人何其多
背叛爱与恨的人死在何方

大师与疯子交换神的烛光
艺术无止境,乡愁无边流淌

人到中年就想念俄罗斯的家
家里有你的诗人老父亲
他像马雅可夫斯基一样孤独

他死前三年写信给父亲
说拍电影二十年,其中有十七年都在失业

塔尔可夫斯基擦拭过的烛光明亮
像复活的灵魂闪烁

故乡

十五岁离家求学时故乡的荒凉在身后
二十二岁回家省亲时故乡的荒凉在心里

我的成长是以故乡不变的容颜为代价
山峦固守故乡的本性,河流性情越来越温和

秋天的白头翁贴着汴河飞行
它们扮演故乡的老小孩,那么大年纪
还在故乡忙碌,看得出它们自得其乐

冬天的喜鹊略显沉默,但也恰到好处
我回家前她们向我的故乡报喜
说我喜极而泣,带回了刻骨铭心的感激

真俊

小时候,我坐在清晨的鸟鸣声里
妈妈对着我自言自语:你真俊

我的面容在汴河里浮现时
我一惊,真俊原来是这样的

小动物在汴河里嬉戏,溅起水花
芦花在汴河两岸飞舞,真俊

我的脸在故乡明媚的阳光里穿梭
小女孩的喜乐无限延长了皖北的傍晚

灯火点点,汴河慢慢静下来
我在故乡的脸明暗闪烁,真俊

池塘

池塘浪费光阴
为了寂静,为了衰老
野草缠身的池塘已经衰老
厢房里的镜子也已衰老
老妈妈也已衰老
池塘荡起八月的秋水
游子默默流泪,照见我羞愧的面孔
池塘濯洗老妈妈碧绿的青菜
家鸭扑通下水
灶火映红老妈妈衰老的面容
炊烟升天,池塘安睡

皖地即景

八月的皖地还是绿树的盛宴
高低起伏的山岗,皖地的麻雀
突然撞死在一棵槐树上
羽毛四处乱飞,它的身体还留着安徽的体温
石桥上的青苔也带着安徽的体温
我忍不住俯身抚摸
我大叫:麻雀复活,石桥还魂
遇见迷途的家禽,它们眼睛近视
脚步乱晃,好像找不到安徽的亲人
它们尾随我身后喃喃自语
我听见公鸡的嗓音里夹着苏北的口音
牛马的喘气多么亲切
像我兄弟的喘息
天要黑了,灯光照映皖地的道路
赶夜路的家禽碰见喘息的兄弟
你抚摸我光滑的羽毛,你听我沙哑的嗓音
我不是苏北人,我是地道的皖地家禽
青色瓦屋里的中年夫妇阅读古书
敲门的家禽双眼含泪,像安徽的书童

同仁医院

我挽着父亲向这个巨大的建筑靠拢
那些器物，容器的药水中，态度冷静
时间在走廊里晃动，穿白色衣衫的人
眼睛有伤口的人，全都聚集在大厅
等待一场春天的雨水在屋顶上降落

我与教授的对话被护士打断
她是敏感的，小心翼翼地端着银色盘子
针管、钳子，还有她的实习手册
我听见她的脚步止于父亲的咳嗽

慈祥的双眼怎么会是青光眼呢？什么样的
情感才能导致双目突然黑暗？一道闪电
提前送来了衰老的黑暗
人啊！你可以老，但不能说看不见
就看不见了。那些蒙着眼睛的人
他们不是对光线视而不见
而是把光线收容在瞳孔里

眼压上升，倾诉开始
父亲一只手挽着我，一只手扶着同仁医院
在他眼里所有的青光眼都是虚无的

谁说他看不见春天的雨水无休无止
它冲刷了父亲眼里的阴影

细小的雪

我伸出手,好像握住了冬天的手
她的手细小、冰冷,随时要从我的手里抽出

早晨我睁开眼,目睹了今冬的第一场雪
她总是习惯在我熟睡时到来
小时候也是这样。离开故乡后
异乡的雪越来越小了,越来越
惊慌失措,我想她下了二十多年
也已经衰老与疲惫

我走到雪地,找不到雪的温度
我记得汴河的雪
在汴河两岸冒出新鲜的热气

异乡的雪啊连麻雀也惊慌失措
它们找不到下雪的兴奋,灰尘蒙住
麻雀的脸,灰色眼睛里倒映出
变幻的雪景,那是异乡人的幻影

想起汴河的雪景我双眼湿润
人间美景尽在汴河两岸
外公长眠于汴河的冬雪下

我想死去的亲人都会在雪景中复活
他独坐雪中抽烟,看故乡的船只
破冰航行在旧时的好风光中,冬雪缓缓落下

八月的细雨

细雨驱赶黑鸭子,池塘昏昏沉沉
旧时的风俗在细雨中苏醒
穿长衫的乡亲雨中祭祖
哭声像细雨,哭声像祖先的石板桥
断断续续一直延伸到前世的河里
八月的细雨滋润我还乡的心灵
梳起齐耳短发,露出新鲜的面容
细雨啊擦洗我的面容,还有我酸痛的胳膊
山上又添新坟,树木又高了
树木和新坟都是那样陌生
细雨飘忽,虫声齐鸣
死去的都在慢慢复活
万物悲切,野草疯长
我清新的面容迎向细雨
细雨啊让我跟着你一起走向翠绿的山林
山林幽深,树木是我温厚的乡邻
有的弯腰抱膝,好像得了风湿病
有的倒在溪水边,前年他就死了
跟随他的细雨好像也死过一回
八月的细雨,落在故乡新鲜的脸上
我还乡的灵魂,淋湿了
附着在故乡的山水
故乡的石碑上

美玉与美贞

七月,我负责看护美玉
是七月派我来的
看骄阳一步步移动她大胆的步子
你只要向命运屈服,我就喊不

我还喊希望本就在希望中燃烧
而爱也升腾,像是七月的骄阳
向你猛扑过来,绿树喧哗
爱也喧哗,像亲人的欢叫
永远停留在童年,持久地欢叫

你高挑的身材拉长了白昼
你的笑声却缩短了黑夜,这一切多么好
多么像我们汴河边奔跑的夏日
青春的舞步抬高了河水
也抬高故乡,故乡在远处眺望

追忆汴河似水年华
我从妹妹——妈妈开始轻声呼叫
七月漫长,而人生刚刚开始
所有的美好,所有的亲情
全是你的欢笑,绿树欢叫

高高的树干欢叫,蝉在午后沉默了
等你醒来,她们又一阵欢叫

现在,我抚摸七月的玉器,我看见你的笑脸
与你玉器般的腰肢
打开七月之门,我看见你的太阳一步步
移向亲情,移向汴河似水年华

电闪雷鸣之夜与妹妹交谈

来自天庭的消息击碎了黑夜
雨水的推土机紧跟着大地
我们坐下来,听夜雨的消息
我们坐下来,猜测推土机的速度

没有人送来比萨饼,因为比萨饼店
今夜也是电闪雷鸣之店。闪电火红的金边
滴着黄油。我们谈论黄油,那一年
你学会了在香气里支起银色的刀叉

现在,我们要谈论汴河夜色下的亲人
他们或者熟睡,或者在听戏
而外公的墓碑在闪电里擦亮了黑夜

死去的亲人会沿着闪电的道路
找到我们在异乡的居所,我们坐下来
等待,一场闪电下的交谈
关于天庭的消息与我们小时候的往事
全都被闪电照亮了
全都被雨水的推土机集中起来

现在,我们要谈论闪电下的青蛙

它们在故乡的屋檐下发出少年一样的叫声
妹妹说：北京的雨夜听不到青蛙的叫声
我说：闪电熄灭，故乡浮在雨水里，汴河淋湿一身
妹妹说：我还是喜欢听故乡的青蛙在雨夜急骤的叫声

辑三：翡翠

胭脂主义

这几年我素面朝天,但胭脂主义是可信的
我的早晨是胭脂主义的,我的日落时分更是
胭脂主义的。青山如黛,依依炊烟
散发出的气息遥远,挤压我小山岗似的脸颊

北京的清晨是胭脂主义的,我的额头迎接第一缕晨光
孤山营还在沉睡,我以清水梳妆,以青菜洗面
胭脂主义从东边爬上来,遥远地浮动腰肢
她是羞涩的典范,她是遗忘的织娘,一步步向我靠近
直到我猛一抬头就把我俘虏

我怀揣一把木梳,向胭脂主义弯腰致意
我昨天出席首师大的女性主义绿色环保论坛
看到有人流泪,因为她愤怒了
她痛恨河流污染
她痛恨破坏自然的人
今天我醒来后提倡胭脂主义
还有什么比朝阳与落日
更能经受住污染

绿腰

在孤山营的玉米地里,我与你迎头相撞
你一头露水,像我多年不见的表妹

我抓住你的绿腰,因为你要逃跑
像小时候一样,你习惯了逃跑的游戏

亲爱的蜻蜓,你逃不脱我的掌心
我掐住了你的绿腰,在孤山营的傍晚

你的绿腰闪烁,嘴里吐出青草的汁液
你要向我奉献你的绿腰,就像奉献你的童年

我喜欢玉米悬挂,大地向上抬高
风向左边吹,我向右侧过身子,撞到了你

你逃跑的速度太慢,而我身手敏捷
你还没来得及生气,我就抓住了你的绿腰

这是你最可爱的一段,软软的如绿色的绸缎
我要寻找的胭脂主义,绿腰闪烁,在暗淡的女性的黄昏

口红

你的口红为什么是黑色的
难道应该叫你黑红

口红是正确的
黑红属于个人

你跛足
口里含着奶嘴

口红奔跑起来像一枚鱼雷
哗哗哗的波浪向街边猛扑过去

地铁口你抹黑色口红
嘴唇朝向一排轮子

口红为什么不抹在你的嘴上
因为你是个口吐脏话的男孩

你口红的枪炮
正对着一排轰隆隆的牙齿冒烟

袖子

一衣带水，娇媚的吟诵捉住你的手腕
这些唐朝的女子，脸上的胭脂像古典主义
而袖子是一个朝代的温床
我看见红酥手，伸出来了
好看的，难以言表的婉约
躲在这宽大的袖子里。你说宝贝今夜安睡
一衣带水也安睡
手腕也安睡，红色的骨骼支撑起娇媚的精神
袖子里下棋，厅堂里练武
一个朝代有一个朝代的时尚
表妹出嫁，玉米飘香。袖子啊温床
如今我窥探了一个酣睡的朝代两颊的红云
暗香浮动，别有一番滋味跟随我到唐朝的绣衣坊

秋天赋格曲

天狼星撕扯你的长发嗷嗷叫你亲爱的
倒立的秋虫嗷嗷叫亲爱的已经沉沉入睡
我走到北京郊外,看见羞涩的火焰冲天亲爱的
已经沉沉入睡。倒立的杨树
半夜出没的拖拉机,车上摇头晃脑的白猪
像一车秋天的梦游者嗷嗷叫你亲爱的

天狼星撕扯你的长发嗷嗷叫你亲爱的
倒立的秋虫嗷嗷叫亲爱的已经沉沉入睡
穿睡衣的少女学习杨树倒立
练习催眠术的少女向秋天发怒
散发汗味的马匹踢断了主人的肋骨
因为他迷恋上了嗷嗷叫你亲爱的

天狼星撕扯你的长发嗷嗷叫你亲爱的
倒立的秋虫嗷嗷叫亲爱的已经沉沉入睡
打翻后半夜梦的汁液,秋天泄露了
他出逃的阴谋。一队人马从西边来
他们要拘捕懒汉与乱窜的蛇虫
因为他们害怕秋天的美嗷嗷叫你亲爱的

天狼星撕扯你的长发嗷嗷叫你亲爱的

倒立的秋虫嗷嗷叫亲爱的已经沉沉入睡
我却醒了,昨晚我喝了足够的酒
酒神告诉我你必须醉倒像倒立的秋虫
穿蓑衣的古人携穿吊带装的夫人
他们乱了方寸,月亮高悬嗷嗷叫你亲爱的

睡袍赋格曲

秋虫脱下睡袍,她们集体逃脱了
来自夏天的纠缠,夜里她们在郊外开会
先是众声齐鸣,欢呼秋高气爽天人合一
然后集体在月光下暴露鲜嫩的身体
噢秋虫鲜嫩,仿如天人合一

鬼魂脱下睡袍,他们集体逃脱了
来自人世的黑暗,夜里他们在郊外开会
先是众声哭泣,倾诉秋高气爽天人合一
然后集体在月光下暴露乌黑的身体
噢鬼魂乌黑,仿如天人合一

毒蛇脱下睡袍,他们集体逃脱了
来自道德的打击,夜里他们在郊外开会
先是众声传唱,歌颂秋高气爽天人合一
然后集体在月光下暴露赤褐的身体
噢毒蛇赤褐,仿如天人合一

嘶嘶怒放的蛇芯子,仿如婴儿的哭泣
秋虫厌恶哭泣,她们披薄薄的睡袍
挤在一起讲述天人合一
鬼魂混迹其中,一看便是鬼魂

脸面模糊,泪痕也是天人合一
毒蛇翘起后尾,露出私有的器官
噢那是毒蛇的睡袍,天人合一的私有的器官

着红袍

阳光倾泻到我的脚趾,赤裸的脚趾
十个粉头粉脑的婴儿,它们集体找到我
羞涩的脚,诉说各自的喜乐
一个脚趾说:我喜欢清晨你跑步时的放松
一个脚趾说:我喜欢你熟睡时的放松
另一个脚趾说:我喜欢你着红袍时的放松

着红袍赤裸十个婴儿似的粉嫩的脚趾
我的羞涩遇见十个脚趾窃窃私语
这个女子羞涩,这个女子露出了她的脚趾

红袍醒了,脚趾松弛
如入无人之境,一团红雾笼罩了我的清晨

我读书时喜欢着红袍
喝大红袍,读纳兰词
露出十个粉嫩的脚趾

今年冬雪来得有点晚,夜里的寒气
与我赤裸的脚趾隐隐抓住了纳兰词
纳兰词着红袍在我的冬夜
喝大红袍,头微微倾倒

似睡非睡，好有纳兰词的意味

红袍自有出处，阳光浮动
我来到冬日暖阳下，喝大红袍
纳兰性德白色的袍子
换了红色的袍子，在我的冬日里
一团红袍笼罩下来
什么都有隐痛，什么都像粉嫩的脚趾

弗兰德公路

乌云压向公路,乌云滚向卡车司机
拖不动的乌云自己来了

我读出了雷声,笨重的雷声控制了我的阅读
乌云引导我的审美
我看不透这个叫西蒙的法国人的技巧

他的小说搬不动我的公路
他的小说浪费不了我的眼泪
因为我根本没有眼泪,我喜欢乌云滚动

卡车司机一样的女子卡在了书页间
我沿着这条公路出发

公路上的乌云,跟随我出发的乌云
弗兰德,弗兰德
为什么要绞杀修辞
世界就这么无知
跟随你来到弗兰德公路

香水

一条虫子,玻璃的
蓝色的,闪闪发光的玻璃虫子
散发青草的气味
深秋的果实坠落
我如梦初醒,沐浴月亮的清辉

香水的脸是我的脸
淡淡的纹路,内心的逻辑
今天我披薄纱,双脚踩艾叶
背诵绝句:床前明月光真水无香

起床喂鸟,打翻香水
上下翻飞的思绪捕捉了纤细的力量
一不小心就中了毒
击中鸟的头颅,它叫起来
与一个女学生的晨读混淆

坐在竹林,我捕捉竹林的香气
植物缠绕我
耳环叮当作响

逃跑的路线早就在诗中画好

唐朝太远,明清还差不多
古老的椅子早就摆在厅堂
我略施香水,粉嫩的脖子是玻璃的
虫子,艾叶早就铺好

高跟鞋

咔嚓咔嚓,这是高跟鞋来了
我的脚长在高跟鞋上,把楼梯颠覆

我喜欢红色高跟鞋,它像我的尖手枪
咔嚓咔嚓,踩死的大象飞翔的蚂蚁

我卧室的门后摆着一双红色高跟鞋
蒙尘多年的青春,高高的鞋跟仿佛纠错的时光

今天我穿黑色的高跟鞋
咔嚓咔嚓,发出红色的响声,声声敲打你的脑门

我要踢踏笨猪,我要驱赶蠢货
淑女们,我讨厌你们摇头晃脑扭动腰肢装模作样

生活中不可少了红色的高跟鞋
它挂在你的脑门上,叫嚷着你这该死的

咔嚓咔嚓,这是高跟鞋来了
我的脚长在高跟鞋上,尖手枪一样傲慢无理

长安雅集

我不能不说到长安
因为它散发出唐朝的气味

在长安,我学会了踱步
从兵马俑遗址,踱到曲江新区

我不能不说到曲江新区
因为它散发出大雁的气味

我邀请你今夜与我私闯
大雁塔下的地宫,里面坐着母亲

画卷散发母亲的头发气味
长安雅集,各怀风骨,都是您的儿子

我提笔写下:长安在画卷上奔跑,是儿子
曲江在母亲怀里熟睡,是我

与秦兵马俑相遇

在潼县系杨村南柿树林畔,我与兵马俑相遇
瓦王爷瓦王爷,我叫着你们的亡魂

事死如生,八千僵硬的远古士兵
一齐活过来,朝我猛扑过来
我不是盗墓者,但我惊动了一个朝代的亡魂

郎与郎制,千军万马的厮杀葬送了郎制
奉常、郎中令、卫尉请端正你们的头颅
以郎为兵,一错皆错,自不足怪

我数着他们鞋底的针脚,一群可怜的弟兄
他们曾经拥有生命、头发、胡须、衣带
还有嘴角或怒或笑的表情,都是我所熟悉的

六国士兵各不相同,全都统一到秦国的士兵头上
统一到我现在这般模样,是的我与你们何异

我的情感与你们又有何异
困难不仅仅在于生硬的秦国话

我能听懂的只是墓地里的窃窃私语

他们一律装成了痴呆症
离开长安后
我会记起八千个不同的面容
其中有一两个与我又有何异

到了长安,我捂着怦怦乱跳的心脏
求证我的面容到底脱胎于哪个兵马俑
或者哪匹战马。我长久的沉默
原来是有传承的,我的痴呆症
原来传承了秦国杀身成仁的美学

野渡

我需要山水的爱,所以我抚摸孤舟
一个人行走在祖国,我需要祖国的爱
所以我怀抱野渡

我行走在辽阔的大地,一个人的内心全是
薄雾。全是深藏不露的哲学
宗白华在其中散步,我挽着瘦马
站在美学的岸边,抚摸孤舟

马致远也像我一样怀抱野渡
他是清瘦的古代书生,昏鸦的叫声
传到我的耳朵里,一团薄雾的叫声

抚摸与怀抱,千古不变的爱的动作
爱山水,爱祖国的道路落满灰尘
爱野渡的薄雾里一棵人形树
一颗肿胀的头颅,孤零零地叫喊

这是端午刚过的一幕,屈原的焦虑
与紧张,皆在山水的焦虑与紧张中
薄雾擦拭《楚辞》,薄雾擦拭祖国

天光

天光闪烁,头脑开裂
人世与自然闪烁,有限与无限开裂

我的痛苦与欢乐全被照亮
照亮我在人世的爱,照亮地下的河流
与地上的沧桑

我不会追着天光喊疼,我会打开头脑
清洗我千古不变的传统与爱

我的传统像风中的树发出呼呼的哭号
而我的爱匍匐在地,像渺小的杂草生长
一切都在摇晃,匍匐在地的心也在摇晃

谢灵运也走不稳了,他提着衣袍
像我一样摇晃,他说天光闪烁
头脑开裂,人世与自然怎样变化
都在人心的变化中摇晃

月缺了

月缺了。门牙对着皓空,月兔啊你咬了我一口
邻居去听风,路上遇到明月高悬
她慌慌张张回来,她害怕她的灵魂高悬

月缺了。嘴唇微微张开,桂花树咬了我一口
邻居偷偷站在我窗下,她像一只月兔
直呼吴刚,拿斧子砍我手臂的神仙停了下来

月缺了。我抱着池塘,抱着浸泡的衣衫
邻居远远地上天了,我孤寂地享受明月高悬
照在我家门楣的光辉清澈,像咬人的桂花

月缺了。我躺在竹林,风声从耳朵里吐出舌尖
别等了,神仙一步步上树
在月缺的地方一寸寸爬,一直爬到我的咽喉

钻石

沉重的黑夜盖着你的头,让你抬不起头
但你心怀纯洁,内心堆满石头

我就是那个砸石头的女子,我要砸烂一座山
我要砸烂抽象主义,我要砸烂象征主义
我要砸烂一切表面,我要你露出你的内心

这就是你内心的钻石,痛苦但发着光
光芒刺痛所有的眼睛
光芒折断向你伸出来的手

我向你伸去我灼热的嘴唇
因为我的嘴唇是我的黄金

只有黄金的嘴唇才配吻你的脸
我不敢张开我的眼睛
我的嘴唇扑向你,像饥饿的老虎
扑向你——那一刻我灼热的嘴唇融化了

我黄金的嘴唇损失了,我的嘴唇崩溃了
你是冰冷的,正如我的内心

瑜伽

冥想的力量驱赶了身体的黑暗
我学习一只幼鹅。她进入我体内是前年的事
她的柔软,她的弯曲
一直贴着我的身体,好像要把我从骨头里抽出来

我害怕我会折断,其实我已经获得了幼鹅的灵性
在我生活的光圈里,我摇晃着步子
踮起脚尖,拿头撞击冥想的水面
我想我会掉进湖里,我确实掉进去了
但我没有淹死,我获得了幼鹅的解救

她弯曲的脖子救了我,救我于焦虑的生活
就这样弯曲,就这样持久地置于宁静的湖面

我发现幼鹅扇动想象的翅膀,而我的想象也跟着
一张一合,今年我得了冥想症
我得了幼鹅病

在清晨幼鹅的第一次晨练中,我拍动水波
推开柳树与石桥。我快速整理我的羽毛
把头插入清凉的湖水,我看见整个世界都弯曲了

翡翠

我认定翡翠是性感的。因为她的沉默
她的绿锁住了沉默

谁的定力在翡翠之上
翡翠里有最性感的女人
持久地保持沉默

现在她是年幼的,在青春的催促下
翡翠发亮,发出清脆的喘气声
再过几年,翡翠就老了
老了的女人也发出清脆的喘气声

在我们年老的时候
性感的女人开口说话了
翡翠翡翠,绿色的祖母

元旦小刺猬

早晨起来,先梳妆
木梳整齐的牙齿咬着我的手
有很多次我差点发笑
好像跟随我多年的一只小刺猬
木梳呀
你要乖,你要顺着我的长发
一遍遍吐出你乌黑发亮的胆汁

在镜中
我的长发像故乡的原野
绵延起伏,我的面容
也在这一天绽放出柔和的光泽
在镜中
我饲养的小刺猬
一排尖尖的趾爪差点抓破了镜子

在今天
我打满一木盆清水
把我乖乖的小刺猬
与我故乡的原野
全都赶进了木盆

我的面容

在今天，柔和的光泽

在清水里复制了另一个我

这是未来的我

还是过去的我

这个我手执小刺猬

嘴角微微抿着

此刻正是傍晚时分

光线收紧

树木静止

雪欲落而我不知

在今天

我收到的祝福何其多

我收下的平静大于响声

连入夜的鸟声都显得更加小声

这是新的一天

恒久的时光

也重新启动

一盆清水

一把木梳

养育了我生生不息的面容

吹口哨的女孩

在清朝的光线里,她小巧的嘴
像一只瓷器。她吹起了清朝的声响
清亮的声音亭亭玉立
像清朝的月亮,又长又细
一直照着她的青春年少

清朝的声音有些清凉
她亦清凉
但她的小嘴却是温暖的
她行走在晚清的暮色里
口哨像一匹快马,从朱红大门出来了
穿过高墙下的阴影
然后直奔崇山峻岭
高大的树木,怒放的玫瑰
全都挤在一个朝代

口哨像晚清的一轮明月
女孩站在树木与玫瑰一边
而腐朽站在另一边
朱红大门吱呀一声开了
清亮的口哨升上了皓空

一块花布

一块花布
跟随我多年
她鲜艳的花朵
曾经像我的生活
她复杂的图案
仿佛我亲手绘制
那一年
我刚毕业
常在梦里织一块花布
就是现在这块花布
她在我家客厅
鲜艳的花朵
越来越平和
越来越安静
多余的喧哗
随着时光的流逝
一次又一次的清洗
都不见了
剩下的只是新月的脸
新月的言辞
昨夜还在我熟睡时
跑出来

坐在我家客厅的沙发上
述说我的心境
三两页旧书
就够了
两排博古架
就知足了
这块花布
铺在我的梦境与生活中间
像命运的机关
鲜花的机关
只一块就足够了
只一个梦境就能铺到天亮
天亮时分
我吞下了
梦境的客厅
我吞下了
寂静的花布

瓷中人

她在瓷中睡觉,午后发出一阵阵小鼾声
她在瓷中修炼成精,那种阴凉里深得
阴柔之美的精灵,深得客厅静逸之美的精灵

半边脸在瓷中,另一边脸在唐宋的旧光阴中
度过了瓷的好时光。我睡醒后要在瓷的清水里
照一照,梦的滋养与梦的痕迹,我掬起一捧清水
看前世的我,原来是清秀的一个男子,他盗用
我的脸在洗脸,他盗用我的眼睛噙满泪水

阴凉之道原来是前世之道,瓷中人原来是梦中人
他来过,与我交手,我一剑封喉,他哇的一声吐出
前世的秘密,在下午的时光中我看见小小的骨头
阴柔的骨头,光滑而透着冰凉的血色

瓷中人抬起头,突然叫我姐姐,我一惊
按时光的法则我应是妹妹或比妹妹更小的
时光的产物,好吧那我就扮演一回姐姐
我扶起他柔若无骨的脖子,我看了看他的伤口
一朵菊花补在那里,一朵时光之菊

我能洗尽的只是他的泪,我能擦亮的只是他

前世的眼睛，他以瓷为肉身，他以瓷为灵魂
我都尊重他的回生之术，简直太不可思议了
他要借我的面孔，借我的气息，在客厅里坐一坐
只要光线转暗，客厅的墙上时针指向五点
他就从瓷中跳出来，模仿我的表情与动作
在我常坐的太师椅上落座，好像我不存在了
好像我就是他本人，好像我就是瓷中人

其实我还是我，我不能回到唐宋虚无的时光中
我在梦中所借出的面孔，所借出的气息，也只是
恍若一梦，脸上的鸟儿在清水里四散而飞
脖子上的菊花也只是时光的一道撞伤，洗一洗就淡了

菠萝

婴儿肥大的脸,毛发稀少
气味甜腻。我吹响春天第一声呼哨
一把小刀细细雕刻婴儿肥大的脸

菠萝,夜里在厨房发出嘤嘤的哭声
或者笑声。我惊醒后抚摸天使
甜腻腻的脸。天使头上长出了菠萝刺
身材矮小,说话一小片一小片
卷着舌尖叫我姐姐

姐姐是醒着的,我虽然困了
但我等着春天甜腻腻的梦境
把我像菠萝一样浸泡在水里
我要释放我体内多余的梦境
我会变成果肉,会变成纤维

我等待早晨迎向光芒的那一刻
黑暗消失,梦境退回厨柜
尖刀更加发亮
一盆清水呈现菠萝的甜蜜
而我手持小刀削天使的脸

敞开早春的大门
我接受光明的天使
她长着菠萝脸,站在一盆清水中
因为菠萝
我接受了陌生的天使

春眠不觉晓,处处闻啼鸟
——这样的真理引导了更多的天使
把她们心爱的脸打扮得像菠萝
与鸟叫声混淆在一起
与睡眠混淆在一起

我猛地醒来了
手持小刀削春天粗糙的皮肤
削这个世界多余的伪装
削鸟甜腻腻的嗓子

玉兰

瓷一样的小脸蛋能掀起什么名堂
无非是一群露出一排白色牙齿的中学生
站在春天的门口,扮演天使下到了人间
我说:小孩儿竖起你们的花衣领
不要冻僵了你们玉兰的脖子
回到玉兰中间去吧,你们没有觉察到
身上的奶气需要玉兰香气混淆
玉兰花开,满地生香
我心欢喜,春天的脖子冻僵了
但我愿意欣赏此时此刻,玉兰所解放的脖子
那是花蕾里的骨头,那是嚼在嘴里的一小块白玉
我吐掉的舌头开花了,一切都是香的
一座山嚼在我嘴里,在我嘴里都是一小块白玉
无非是中学生一样站成一排,我来点名
其中叫小花的太有才了,她居然满身香气
还羞涩地低头,用脚尖碾碎了一座小山
东倒西歪的青春与东倒西歪的玉兰
乱成一团,乱成了中学生放学后的追打
我睁一只眼闭一只眼,这不关我的事
她们一口一口吐出乳牙
对世界恶狠狠地说:我爱死了
这个春天,爱死了这个教我踮起脚尖
把脖子伸出一里远的女侠客

木棉

愤怒的美,咬住铁一样的枯枝
枯枝依然冰冷,像极了一个人的肢体
它死了吗?死了一百天
春天这场维新变法杀了七颗头
流了一地血,割了七根乌黑之辫
看吧,满眼的木棉开花
寂静的山坡摆开了鲜花的道场
小鸟模仿飞机从天上俯冲下来
嘴里念经,细碎的念经声多么不协调
我是说与愤怒的美,这强大的杀头的英雄之花
形成了寂静山坡的另类道场
春天里,人心复苏是常见之事
春天里,木棉变法是奇异之景
我把它们称为无头无辫的英雄
远离了混乱的朝代,在一个寂静的山坡
摆开了内心纠结的道场
如此说来,那一棵棵铁一样的木棉
都是穿乌黑布衣的道士
头上举着春天之剑,仰起神秘的脸膛
一朵朵怒放的木棉,开了一两天
好像就要烂掉了。我从树下经过
打破了小山坡冰凉的寂静,我一路跑下山

一山的木棉追着我,叫我女侠客女侠客
你去割了春天的辫子,这疯狂的百日维新
枯草的脖子,石头的舌头,都疯长出来了
比枯树上的愤怒都要愤怒,但春天的道场
没有愤怒的念经就没有一群无所事事的小鸟
它们催生了鲜血的木棉,丢弃了无辫无头的英雄
在寂静的山坡集合,等待更加热烈的绽放

狐狸偷意象

山上一棵大树，树上一只鸟巢
我坐在蓝天下唱歌，歌声飞向山下
路过的猎人停下来向我招一招手
他枣红的马嗒嗒的奔跑敲击我心坎

我亲眼看见有人从我的诗里偷走意象
此人长着一张小小的脸儿，像只狐狸
狐狸偷意象，别有一番趣味
我装作打个盹，她又偷走了我诗中的岩石

我翻身上马，追赶乌鸦
而放走狐狸。狐狸抱起我诗中的岩石
她如果落水，我还得扔下一根稻草

五月的风吹翻了大树
鸟巢里滚落一只狐狸
她在偷吃什么呢？她吃鸟
她吃岩石里的意象

我从山上下来
马背上驮着好吃的意象
我唱山歌，唱翻了大树与鸟巢

我自称侠客多年，其实我侠骨柔情
任由狐狸跟踪在我的马后
马儿呀你莫放屁
马儿呀你莫踢腿
让狐狸紧紧尾随
只是她的小脸儿快贴近马屁股了

反对撒娇传

这是五月的草原,雪山正在变小
草原在变大,我的心狂奔在天地之间
草原不需要娇滴滴的抒情
我反对娇滴滴的抒情
我反对雪山脚下的撒娇
我反对在草原上无端地呕吐

我不是你们想象中的女子
我不主张撒娇,我不主张
在这个强大的时代把自己命名为
假模假式的美女(多么恶俗的魔鬼)
我在若干年前就断定
世上事大多无聊,你亦不靠谱
而只有小部分的生命才有意义
大多数人是跟屁虫

所以,我骑在草原的风上
看月亮明晃晃,这是万古常新的真理
高悬在我心上
这是我离开人群来找寻你的缘由
那些个伪君子
请闭嘴,请收拾起你偷窥的人生

我明晃晃高悬于天地之间
风呀把我一直吹向天边

我不愿意在城市的楼群之间晃荡
我不反对你反复地模仿我
我写什么你就写什么
我表达什么观点你就鹦鹉学舌
不管你从我的诗文中窃取了多少精华
我奉劝你一句
学我者死，似我者生
我一眼识破你的伪装
我亦不反对你紧紧盯着我
你是一个称职的小偷，我表示祝贺

我反对撒娇的女人，并不等于我反对撒娇的男人
男人撒娇是因为他们本身就是撒娇大师
女人撒娇就不地道了
因为撒娇是男人的专利，撒娇有益于男人进化
而女人万万不可撒娇
一个撒娇的女人万万不可窃取我的想象
我的想象只属于明月高悬，千古草原我只属于你
草原与我一同反对大逆不道的撒娇
与我一同策马狂奔在属于我的意象上

漏水

天空在漏雨
石头在抽泣

十二背后适合春眠
鸟掉下了树梢
我露出双脚
鸟看见了我

河流在漏水
清溪峡船底下有鱼
鱼看见了我

双河溶洞里的石头
它为谁抽泣
无缘无故地抽泣

走出洞穴
瀑布在山上漏水
我仰起头
眼睛接住了天空漏的水

翡翠的月亮

再一次回到翡翠的世界
十二背后的山堆积了太多的翡翠
我前年来过后得了翡翠病
爱死了翡翠的颜色
爱到眼睛里容不下别的绿色

我的脸额贴在双河溶洞的河面
那流动的翡翠拖着我
我一边叫翡翠
一边暗自发笑
我在翡翠的夜晚笑醒了
满天的风
吹起一颗翡翠的月亮

匕首

带匕首的男人
陪我们去看河流
带匕首的女人
陪我们去看溶洞

河流的匕首
鱼的匕首
鸟的匕首
插在十二背后的
胸部、背部与腰身

借我一把匕首
我要切开河流
但我放过了鱼
放过了鸟

我不放过溶洞
我切开了它的腹部
石头的血喷涌
捂都捂不住
夜太黑
适合我切开石头

我转动身体
匕首顺着我呼呼旋转

探险家

这个人是探险家
他夹在我们中间
如果不经过仔细辨认
我无法判断他就是探险家

有人说哥伦布来了
他在哪里
他来到我们中间
当我问众人谁是哥伦布
那个人故意看着我
好像我是哥伦布

他就是哥伦布
他长着哥伦布的眼睛
他穿着哥伦布的靴子
他腰上挂着一把哥伦布的匕首

他坐在我们中间
露出一丝微笑
好像他是另一个人

李白

在春天去夜郎国游玩
李白从驴车上跳下来

看得出他很累
他还是要了一壶酒
坐在十二背后客栈喝了起来

众人都睡了
他还在写诗
拿毛笔的手像一只鸟
在漆黑的夜里上下飞舞

第二天我看到他在墙上留下
"随君直到夜郎西"的诗句
太阳晒到了双河溶洞
人们才看到李白

他背着一只布包
里面鼓鼓囊囊不知放了些什么
他一个人向清溪峡方向走了

让·波塔西

他从洞穴顶往下滑
像一只蝙蝠
他习惯了洞里的幽暗

他接着攀爬
他抱着岩壁
他融入洞穴
他舔食滴水

因为害怕我差点尖叫
但马上踩稳了脚步
洞穴是人类最早的家
让·波塔西的家在法国
他在十二背后探洞三十年
他或许会说贵州话
洞穴是他另一个家

让·波塔西
如果你忘了我
大地就会开裂
洞穴就会倒挂
我就会回到这里

让·波塔西

我与李白

都会从天而降

外星人

夜里悄悄来了

他们留下脚印

旁边的粪便是黑叶猴的

诗是李白随手写下的

毛发是我掉落的

外星人

没有带走你

你闭着眼睛

看他们在夜色里架设天线

向他们的星球发射信号

让·波塔西

你睡在洞穴

做着十二背后的梦

像睡在自己的家里

云豹

云豹,云豹
它踩着棉花似的步子
轻轻行走在
贵州务川仡佬族苗族自治县的
深山幽谷中

它知道我来了
我的呼吸紧张、急促
它知道我在靠近
危险又美妙

一只云豹
它伸出舌头喝了口洪渡河水
又转身进了深山
我看见它的舌头朱砂一样红

我知道云豹在山里走动
嘴边呼出热气
我从文殊院来,云豹,云豹
我想收你为徒

孤独的云豹,趴在树上

我已经来到,它身上的
暗色斑纹在黑夜里耸动
我向你靠近,星月朗照

今晚在务川仡佬族苗族自治县
山林寂静,河水汩汩流淌
我呼唤云豹:云豹,云豹
请你从树上下来

朱砂

在贵州务川仡佬族苗族自治县
我试着做一个炼朱砂的人
这七天我可以静心学习古人
在空中鼓掌三声,然后跳下
牛车,这土地啊发烫

在黔渝边沿的大山里
我生起一炉柴火,火光照亮了
乌江水,水火交融
天地万物汇于一个小小的吊锅
吊锅煮沸了白云与主动投身的
四面青山,吊锅啊发烫

我坐在一炉柴火旁,我的脸
微微发烫,我脸上奔跑的野兽
与飞鸟,它们静静等待我的耐心
要把青山、河流、野兽与满山的
飞鸟,全部炼成朱砂,需要多少
爱?需要交出多少哭嫁的泪水

我坐在仡佬族苗族兄弟
姐妹们中间,朱砂闪烁

欢乐源远流长,乐器齐鸣
我守着丹砂古县倾斜的
夜空,明亮的脸微微发烫

弓箭手

不要射中飞鸟的心脏
绿色的宝石呱呱叫唤
柔软的弓箭马的脊背
一只手搭在上面
缓缓拉长了一匹马
嘶嘶嘶
骨骼舒张的声音
风声
擦过弓箭手紧绷的面部
黄色的肌肉微微颤抖
突然的惊呼
飞鸟从空中纷纷坠落

柔软的大地

大地柔软铺开在脚下
我说的脚指我的双脚也指马的四蹄
踩在上面如踩飞毯
一万道光线托起了我也托起了马
马的四蹄呱嗒呱嗒踩碎了野花
野花溅到我额头,我的眼睛睁不开
但我看见柔软的大地从天空缓缓降落
盖在了我的身上也盖在了马的身上
我们突然安静下来
科尔沁母亲的手轻轻抚摸大地

渐变的颜色

蓝色的河流是母亲的头巾飘荡
山脊在蓝色里走远
那是远去的儿子在回望母亲
倾斜的山体由淡绿渐变为墨绿
那是科尔沁的女儿渐渐长大了
她从山上滚下来发出银铃般的欢笑
山巅的白云是死去的祖先他们永驻山巅
金黄的马背上有人腾空跃起
马低头吃草它们沉浸在
科尔沁由明转暗的暮色里

吃夜草的马

它逃离了人群
在科尔沁的夜色下
一个羞涩的男人伸出修长的脖子
红色的舌尖柔软的刀子
月光照耀银色的马身
草原的神啊散发清洁的光辉
它听不见世界的喧哗
像孤独的男人拥有整片草原

辑四：锁骨如雨

立秋后听蝉鸣

我要等到秋后才能听到蝉鸣
在北京郊外,一个有藤蔓的院落
绿树在院子里成排站立,我亲爱的朋友
她们在烈日下缓慢地移动步子
到了夜里,就上了通州的天空
这一切都不为人知。我静静等待的是
她们发出细细的鸣叫。在通州
在有藤蔓的院落,在一排排绿树的努力下
我日夜倾听的是
蝉鸣。她们倒挂在院子里,像我这样年轻的藤蔓
一直坚持向我的耳朵延伸。一直要长到我的耳朵里
一直要等到秋后,我才能听到蝉鸣
我才能等到那棵绿树长到我的耳朵里
在通州,在一个圈养蝉鸣的院落
我坚守了一个月,只为了让我的耳朵顺着
藤蔓、绿树与蝉鸣的方向,细细地卷起来

雨后听蛙鸣

只有跑到北京的郊外，只有等到一场暴雨后
只有在深夜，在一个人世最寂静的时候
我从一场少年的梦境里醒来
——我隐隐约约听到了一两声蛙鸣
像婴孩寻找妈妈的哭叫
开始时只是小小的叫声，胆怯，含糊不清
我接着睡下，但总觉得少年的伙伴在院落里滚铁环
铁环与小石子的摩擦声，亲切，含糊不清
像细雨摩擦我的脚板

我起床读王维
读他的山水，读他的田园
接着我惊呆了，一阵突然而至的蛙鸣从王维的书页上
弹起，一直击到了我滚烫的额头上
青蛙在我与王维之间长大了
叫声是三五成群的，或者十几个一齐发出古代的
叫喊，好像他们是尘封了一百年的士兵
突然获得了命令：现在你们可以放声叫喊了

我惊呆了，他们鼓胀的腮帮子里收藏了我的少年
哇哇——哇——哇，这是少年的恶作剧
充满了未知的快乐，但又写着：雨水充足，身体疯长

在北京郊外听蛙鸣，我的心静到了极点
疯长的身体也结束了青春期，与身体对抗的人呀
我们都得停下来，在王维与青蛙之间
在沙沙的铁环与小石子之间
我听到一个邻居男孩在叫，他淹死过好几回了
现在生死未卜，另一个是少年的我在叫
而我长大成了异乡人

王维呀你这个草丛中的青蛙
在一场雨后，变成了我的冤家

一颗星星照着我入睡

那是一颗夏夜的星星,现在是秋夜了
它还在西天上悬挂,让我难以入眠
我不知它从哪里来,又要到哪里去
它明晃晃地悬挂在那里
像与我有着千古不变的关系

我发现它跟着我进入了客厅
落在桌上的水杯里,我一饮而尽
我吞下了星星,这冰凉的天上的小神仙

一阵凉意
卡在我的咽喉,我轻声咳了咳
小神仙出来吧,我是喜欢你的

但一夜又一夜
它还是悬挂在西天上
好像它的命运就是悬而未决
就是陪着我难以入眠,这是在入秋后
还发生着的事情

我请求西天上的小神仙
你可以照着我,但要让我入睡
要让我在睡梦里把你忘记

旧单车

它躺在墙角,像一头老牛
躺在墙角好像已经死了
但它其实还活着,活在历史的阴影里
活在我突然的跑动里

旧单车,一个时代的大腿在疯狂猛踩
骨骼闪烁,嘎嘎作响
仿佛要把一个时代的激情全部用完

我曾经青春年少
骑在笨重的单车上横穿城南玉米地
90年代的春风,吹起我的发丝
我嘴里哼着童年的歌
而双脚渐渐生锈了
一直到现在,生锈的单车终于倒在墙角
废弃了,就像我的青春年少

我只有在梦中骑上旧单车
穿过汴河石板桥,我听见嘎嘎作响的故乡
在身后像一条老牛
追赶着春风中一路疯狂猛踩的笨重的单车

一把铁锹

一把铁锹,我的好兄弟
你怎么累得露出了骨头
你的骨头怎么生锈了

这是让我心痛的好兄弟
我所看到的生锈了的骨头
仿佛从泥土里长出来的骨头

饥饿的铁锹
在故乡奔跑的铁锹
我听见铁锹的叫喊:放我出去吧
我要挖你的内心
我要挖相对论

良知在春风中沉醉
是因为我沉醉
铁锹在故乡喊疼
好兄弟,我也疼

铁锹铁锹
骨头生锈
相对论生锈

而我听见生锈的声响

嘎嘎嘎嘎

好像是我的骨头生长

在中秋

在中秋,我抬头看见月亮穿粗布衫
她细小的叫声在模仿王维中年的咳嗽
一群大雁
是一群长脖子的孝子
他们要一直向南飞,而我留在北方
等待王维一样古老常新的寒气
褐色的尖嘴呼出寒气,在今晚
在中秋时分咳嗽,一双赤脚伸直了
一双翅膀扇动月亮
扇动起世纪坛边的花草,我置身于一群
大雁中间,他们都是王维的兄弟
褐色的尖嘴,赤脚
灵魂在天空缓缓移动
好像不情愿从古代回来
在中秋,我细细观察,害怕王维
他在病中一口吐出白袍、月亮与灵魂
这些东西在中秋时分
都像中了相思毒,在我的细细观察中
缓缓吐在王维红润的脸上

中秋,扁桃体

有多少大雁南飞就有多少诗篇在今夜燃烧
你看中秋卡在我窄窄的声带
我要学会像大雁一样歌唱,必然要磨损我的喉咙
亲人啊抱着我吧,妈妈的灵魂保佑我
月亮啊抱着我吧,外公的灵魂托着我
我一遍遍察看北方大地
我一遍遍察看北方大地的墓碑
怎么不见妈妈的墓碑?怎么不见外公的墓碑
我所见的都是月光
都是大雁声声的叫唤,孩子呀你不回家
孩子呀,中秋的大道直达故乡
有多少大雁南飞就有多少诗篇在今夜燃烧
你看中秋卡在我窄窄的声带
我要学会像大雁一样歌唱,必然要磨损我的喉咙
现在,我一遍遍磨损月亮
她的炎症加深
咬着扁桃体模仿大雁南飞的伤痛
是啊孩子,想在扁桃体里回去的愿望加深
在中秋时分,我的喉咙终于磨损好了
现在,我可以发出大雁呼唤亲人的沙哑的叫声

辞乡令

亲人的墓地枯树打伞。皖北的天空下
长得酷似某人的猴子拍打胸脯
我不知如何称呼它,是叫它老顽童
还是称呼它形而上或无神论

在故乡小住的日子,我身后的影子倒立起来
我发现故乡行色匆匆的面容涂满了一种怀旧的
让人忍不住想抚摸的青苔
我只要从鸡鸣声中苏醒,就必须倒立
以便看清楚一张张青苔的脸

顺着汴河的一条无名的支流
我找到了离开多年后经常出现在梦中的码头
一个虚无的码头真的从江水里浮现
这是假设的结果。我叫一声外婆
江水就后退一点点,我再喊一声妈妈
码头就答应了

支离破碎的故乡随着我一声呜咽
就扑倒在我怀里。江水的眼圈都红了
一阵发自内心的颤抖在江中推开一条
像我一样无助的机船。它就要开走了

我也要离开故乡。异乡在远方

异乡在安徽省之外。我叫喊一声菩提
就有一棵有着尖顶的紫杉在异乡应答
我叫喊一声故乡——阵阵秋风吹起梦中的码头
妈妈发出的回声是十年前的回声,像青苔一样光滑

锁骨如雨

冷雨你这群饥饿的小兽扑过来
一个个抬起闪亮的下巴
这是十月的北京,深秋的深夜
锁骨深处的小兽
抬起闪亮的下巴
寒风的下巴咬着枯枝的嘴唇
说出结结巴巴的真话
秋深了,锁骨深处暗藏的小兽
纷纷抬起头
望着我:成恩善良,但锁骨如雨
任雨打风吹去
在岁末年终清算旧账
一场清算秋虫的斗争与一场随风潜入夜的雨
在锁骨上相遇
深秋的深夜
我掌灯夜读
冷雨扑面而来,像小兽
像失去头颅的马匹,丢弃了似是而非的头
获得了小兽的四个蹄子
踩着我的锁骨
成恩善良,但锁骨如雨

睡眠山水

我的睡眠一半在水中一半掩埋于山谷
我不是神仙,我只是睡眠的孩子
穿着梦的衣裳,脸上挂满了好看的青苔
隔山的牛马知道我下山了
我脸上带着不知世事的笑
像害怕寒冷的动物
在霜降日,藏起蛇皮,耷拉下动人的眼睑
行走在月光下
一层一层地脱皮
蓝印花布蒙在脑袋上,我梦中喂养的青蛇迎着霜降日
抬起尖尖的面容
它闪光的脖颈缠住了山水
尾巴踩在我脚下,使劲挣扎
我惊醒后所见到的银色的霜
是不是来生托梦给我
告诉我山水颠倒了
正在一点点脱下山的痴呆
与水的晕眩

雪的羞涩

雪落下，我轻轻翻开马匹的肋骨
我张开双臂抱住倾斜的群山
群山蒙面，河流全都是羞涩的

雪落下，大地静美无声
树冠像断头
乌鸦像流浪的人收紧疲惫的翅膀
走在树冠下，乌黑的爪子
尖尖的嘴上全是羞涩的雪

雪落下，我翻身上马
马抬起腿，折断自如的腿
折断自如的雪，轻轻翻开了
马的肋骨
与群山张开的嘴

雪落下，惊慌失措的白领
骑上惊慌失措的白雪
而骑扫帚的民工哈哈大笑
他们涌进了写字楼
像马匹涌进了雪的迷宫

我所抱住的群山像马头
低下，寒冷的姿势是羞涩的
在北京的第一场雪中
我看见羞涩的人行色匆匆
脸上的笑容打上了雪的封条

柔软的来客

柔软的河床,长脖子的白鹤
是我梦中来客
喂亲爱的梦中来客
你的身体倒映在十一月的天空
而阴影被河床拆散
分叉的脚掌,像被剪开的十一月
我身体的河床
迎接一场惊心美景
雪啊你这梦中来客
只短短的一日
就收走了惊心美景
我醒来后发现身体更加清朗
好像被雪锁住了长脖子
一只雪中白鹤
呆呆立于我十一月的门庭
发出嘎嘎嘎的
体内骨骼松动的叫声

狒狒

积雪像遗忘了
山中狒狒归于树巅,它昏昏欲睡
一个前世身世离奇的人
今生做了动物
它在晴朗的天气里出来换气
脱掉了毛发,露出脑门上的骨头
它向我走来
双手击打通红的屁股
嘴里发出支吾不清的口号
好像它受了委屈
狒狒,你遗忘了前世
所以紧紧抓住了栏杆
突然它纵身一跃
像是心中埋下了伏笔,必须做出一个姿势
来与我对视
这只是一场游戏
没有目标,没有规则
狒狒愤怒的一掌击在栏杆上
满山哗哗落叶
像积雪崩溃了

行走

行走在白云之上
行走在机场弯曲的长廊
行走在祖国的南方
南方细雨如织
植物生长
新鲜的气味扑向异乡人

行走在银色飞机体内
听见山岗呼呼的叫唤
它的姿势越来越低
像鸥鸟收紧了翅膀

行走在一场细雨里
隐隐听见鹧鸪的鸣叫
它像异乡的观光者
光滑的羽毛
淋湿了

行走在椰子树奔跑的街道
鳗鱼一样纤细的姑娘
她用厦门话告诉我
波浪翻滚的消息

行走在厦门的春风里
听见树木的说话声
她提着一手袋北方的积雪
她要换回一手袋海水

春天的钉子

春天的手掌铜板一样
我要把这枚钉子
一枚柔软的钉子
一枚像冬眠的青蛇尖头的钉子
一枚有气无力的钉子
一枚口含剧毒的钉子
一枚沉默寡言的钉子
一枚教条主义的钉子
一枚生锈的钉子
一掌拍下去
就只一掌
用劲拍下去
钉子钉进了春天的肌肤
钉进了青蛇的尖头
柔软的钉子
突然咬住了我的手掌

春天鸟在叫

自行车在叫,生锈的铃铛在叫
春天在叫,人类绿色的心脏在叫
枯萎的老牛转动发呆的脑袋,它弯曲的
牛角在叫,它乌黑的尾巴在叫
洞里的蛇在叫
像婴儿想念妈妈的叫
儿子在叫,衰老的父亲在叫
躺在墓地里的外公在叫,他坚硬的骨头在叫

石桥在叫
蹲在石桥上的鬼魂在叫
一到夜里满天的星光在叫
仿佛满天的鬼魂扑向春天
春天抱着散步的庄子在叫
庄子抱着一捆干柴在叫
陶渊明抱着南山在叫

我经过操场
邹静之的话剧在叫
操场在叫,学生奔跑
他们绿色的心脏在叫
整个校园都在叫

小丑在叫,网络在叫
唯有天上的鸟静止不动
它不叫,但吐出一颗绿宝石的心脏
看啊!沉默的人低头默默经过操场
脚后跟在叫
明亮的脸上留下自行车跑过的线条
春天骑在自行车上
一边跑一边叫
——呵呵我要摔下来了呀

春夜静

春夜静,我伏在一株竹子上
听虫子一点点翻身发出婴儿吮吸的声响
世界静下来了,春天在长角
竹子在长脑
虫子断了触须

春夜静,我怀揣一把小刀
从电梯里出来,看高楼的影子一点点翻过
院墙。睡在喷泉里的月亮
吐出春夜的婴儿,婴儿蒙着一层夜色
露出小刀的眼睛

春夜静,我端着一盆水仙
与水仙久久体味静寂的美
没有人比得过春夜的成长
全是为了美的成长
我抚摸脸颊,水仙的模样更加静寂

鸵鸟的世界观

鸵鸟眼里的游客太矮小了,它静立
像野生的绅士,眼里有贫富的阴影
一半是彩虹,另一半是骑鸵鸟的少年

鸵鸟表达了对彩虹的热爱,表达了它的世界观
如果没有巨大的乌黑的脚,就没有了囚禁的奔跑
这世界沿着弯曲的脖子上升到围墙之上,脖子里
囚禁的叫声像年少的激情提前进入了疲惫的黑暗

扁平的嘴,又尖又灰的嘴,戴着鸭舌帽,老实人的双眼
一切都是如此独到。从没有过的长相,从没有过的呆立
与静止,好像转过身来就要攻击你,举起相机的游客
有一瞬间的幻觉:我是来看鸵鸟的,还是为了鸵鸟蛋
而放弃了鸵鸟的羽毛?如果能弄一只枯枝一样的脚
我相信,游客愿意付出更多的惊叫
我的天呀,它居然追着我,要与我分享高楼镇白家庄
所囚禁的快乐。我发现所有的快乐源于动物的孤独

所有的漫不经心其实都暗藏了处心积虑,暗藏了弯曲的
审美,一团羽毛里分辨出混乱的世界观,分辨出高高
    在上
因为天生的近视眼,贫富不分的鸵鸟表达出绅士才有的

秘密的习性——它们挤在一起,占据了高楼镇白家庄
圈养的审美暗藏了鸵鸟的美味,以及无法分辨的远见

在九华山

在安徽省南部,我住在半山腰
听风卷起山上的乱石
听索道上跳杂技舞的无名鸟歌唱

半夜听寺庙里传出佛的叹息
清晨听树叶竖起耳朵唧唧叫
每一棵树下都有佛的耳朵
每一块石头下都有佛的嘴唇

我听到的都是略带安徽口音的
树声、人声与风声
连水龙头里的滴水都像佛的话语
木鱼敲打白云
寺院如民居,僧侣如乡亲

我的茶杯里浮起九华山
我茶杯里佛的嘴唇张开
这三日,我与佛有缘
我喝下了太多的乱石
我移开了太多的宝塔

我终于见到了肉身菩萨

这人间的奇迹不得不让我
发出哦的一声
我终于点燃了半山的白云
这仙境不得不让我
飘起来，我的肉身如这座山
沉沉压在半空中

九宫山

九宫山三日尽收细雨与寒意
五十颗诗人的头颅在薄雾中出没
楠竹与短尾鸟交织在一起
叫声融入翠绿
夸张的岩体前年崩溃过一次
现在随时都要崩溃
就像寺庙里的和尚脱口而出的禅语
雨水敲打我的脑门,松尖摩擦游人的后腰
孤独的朗诵者摇头晃脑,后山上的猕猴目瞪口呆
我们都是天外来客,在此是多么不合时宜
李自成的马蹄遗失,农民军溃散
大王的尸骨找也找不到了
一座陵墓拦在半山腰,鸟粪散落要道
惊恐的动物还没有安静下来
他们的前世都是农民军的魂魄
我身临其境,企图跨上石马
身披盔甲的动物摇动树干
我听见石马的嘶鸣渐渐远了
下午的楠竹露出秀气的面容
猴子露出红色的臀部,它双手拍打地面
学习大王的咆哮

菩提岛

耳中流出发甜的桑葚
耳中的渤海卷起更多的耳朵
其中一只耳朵是乐亭县
竖起耳朵听涛的午后
蝉鸣还是幻觉中的幻觉
——我还没有醒来
你就想捕捉我的叫声
但我听到了刺猬的欢叫
从一棵树跳到另一棵树
态度端正,最后落座在
一棵桑树下

我向乐亭县年轻的刺猬讨得一碗桑葚
再向略为年老的山鸡打探菩提岛的历史
历史荒凉
今天却人声沸腾
历史本是寂静的
今天却扑过来更多的闲言碎语
快淹没了,我赤裸的脚
我菩提一样荒凉的心

奇花异草中的明代朝阳庵

这神仙的居所暴露在六月的天空下
白云压向石碑
浮起当年鼎盛佛事
一切都是空的
一切都是海水中一棵菩提
而清代潮音寺遗址就更加孤寂
仿佛多余

李世民是多余的
丝木棉和南蛇藤就太少了
法本和尚是多余的
但一指燃灯就罕见了
刺猬是多余的
但黑嘴鸥、细嘴滨鹬、短尾信天翁就太少了
我是多余的
但再多的菩提也是孤寂的

端午的雨

隔着晚餐的玻璃在灯光中像某人的脸
传统,传统在今天统治了你的快乐
当然足球并不是远在南非
就像战国也是我的国
屈原也是今天的诗人
电视机里奔跑的球队与啤酒的混战
南方河流上屈原的子孙
完全不同的欢乐与忧伤
挤在同一张餐桌上

一道闪电划破了你的脸
因为兴奋,因为焦急,因为热爱
一场雨等待降落
一个球队等待战胜另一个球队
一个屈原等待更多的屈原
但显然这是幻想
我隔着玻璃
看见行人走得更急了
好像被传统所统治
好像被大雨所驱赶

一道闪电割破了天空

一道闪电割破了咽喉
一道闪电割破了黑暗
一道闪电让焦急的球队一拥而上
他们扑向同一个球
他们扑向同一场雨
持续十分钟的细雨
持续十分钟的球队
突然加快了速度

大雨最终追上了屈原
大雨最终追上了足球

父亲与蝉

父亲坐在屋顶上拉二胡,这是立秋后的黄昏
故乡的天空少了二十年前的火烧云,晚风吹拂
这是我从京城回家的黄昏,老父亲坐在屋顶上
他的琴声与故乡的蝉鸣混合在一起,我听出了
其中的欢乐与悲伤,我听出了故乡秋天的辽阔

小时候我也是在这样潮湿而闷热的黄昏
迎着沙哑的蝉鸣看火烧云吞下整条汴河
今天我看见了蝉鸣吞下了衰老的父亲
吞下了我的童年同时也吞下了低矮的屋顶

我得了焦虑症,满脸京城的灰尘在汴河水里濯洗
父亲得了焦虑症,他说只有拉琴才能获得内心的安宁
故乡的秋蝉得了焦虑症,它们正在集体自杀
了结短暂的一生,我走后屋后的树上会掉下它们
没有了焦虑症,没有了夏天的酷热,没有了狂叫的身体

想一想这一切就是生死的轮回,想一想父亲的衰老
想一想故乡这二十年的翻天巨变,想一想父亲与蝉鸣
我眼里的泪水就掉了下来,就有莫名的伤感从屋顶
一直掉到汴河浑浊的月光上。夜渐渐黑了,但蝉
还在叫个不停,就像我焦虑的心一直跟着返回京城

年关

年关近,白菜挨在一起
一群旧时代的亲戚
穿翠绿的衣裳,脸上盖着雪

寒冷的日子
脸上的雪散发温暖的气息
新旧交替总要融化掉身体

我们从高楼镇运回白菜
生起炉火,洗净碗筷
新鲜的日子在开水里翻滚
亲戚们紧紧挨在一起

屋顶上雪落时像幽灵的脚步
我们知道是亲人回来了
从天而降的亲人抱着白菜
她的身体还是那么修长
苍白的脸上带着落日的红润
滴着旧时的泪
轻手轻脚的,好像怕惊醒了
我们在年关的欢乐与喜悦

在年关我念起亲人的恩德
念起上苍对我一路的护送
那一年，大雪纷飞
我身在异乡，去高楼镇的路上
遇见亲人们抱着白菜与我擦肩而过

即将告别灰蒙蒙的夜晚
迎接一个白菜挤满院子的早晨
打开柴门，生起炉火
用雪水洗白菜
人生的佳境就在身边
我抱起一棵白菜
喜极而泣的泪滴在雪水里

雪夜幻景

我呼唤雪中幻景
探头探脑的,双脚长着扇形趾爪
在高楼镇的土堆上
我驱赶无所事事的幻景
我在清晨堆起了雪人
到了夜晚它就发出嘻哈之声

所有的雪人都移动脚步
一蹦一跳的,抽象的美
与形而上的笨拙混为一体
此刻,在高楼镇随处可见
腹部冻得发白,哇哦
它长着一张融化的尖嘴
每一分钟都在吞食寒冷
吞食北方的无名小镇

从高楼镇的土墙上走下来,摇摇晃晃
走向结冰的池塘
走向雪白的亭台楼榭
我跟随雪中的幻景
看它把尖嘴插到池塘
后尾翘起来,阴影投在地上

风吹起它的翅膀
连骨头都像魔术师的骨头
此刻,它走上了高楼镇的土堆

我点燃木柴照亮这个历史上
气温最低的夜晚,迎接新年即将到来的
所有的神——所有的雪中幻景
我呼喊骨头松散的魔术师
在高楼镇的广场上人群沸腾
大家一齐叫喊雪中幻景
流泪的渐渐缩小的尖嘴兽

滴水成冰

一滴水在高楼镇结成冰
一条土路在高楼镇一夜消失
我在高楼镇行走
走着走着就成了一个雪人

阳光每天出来,蒙头蒙面
巨大的光晕散开来
差点掀开了高楼镇
屋檐滴水,空气清冽

滴水在半空被冻住了
被拉长的水柱
像我去年在电影里看到的特技
今天我静观冰天雪地
静观阳光冲破朝阳区
落在高楼镇的头上

滴水成冰的高楼镇
古树闪现清醒的脸
土路若隐若现
我走着走着
身上的冰哗啦掉落
像奇妙的电影特技

四书五经

我带着一队人马冲进高楼镇
我的马头撞开了风雪
风雪纷纷后退,这些破门板
难道还想挡住我
这些历史的旧账,难道还想堆积在书柜里

我要抢夺风雪中的四书与五经
世上的温柔与狂暴
世上的冰霜与大火
都在四书与五经里埋藏
我要挖出埋在其中的金玉与良言
我要撕开风雪的一道血口子
我要我的马头直接撞开高楼镇

高楼镇又低又矮
高楼镇又破又烂
但四书五经的街道
四书五经的旧仓库
四书五经的老头儿
四书五经的新媳妇
都纷纷叫嚷
侠客哦不!你这个风雪的强盗

高楼镇千年的光辉与财宝
就要毁在你哈哈一声狂笑

我跳下肮脏的坐骑
我收下生锈的刀剑
我坐下来
坐在一堆四书与五经上
坐在一堆灰尘与牛粪上
我斜视高楼镇的天空
晚霞正燃烧旧书柜
新媳妇正亮出俊俏的脸庞
而我扮演的风雪的强盗
在暮色中聚积乌云
一场四书五经的风雪
一场四书五经的寒冷
把我冻僵在高楼镇的黄昏

花生

花生开花,蛙鸣声起
露水沾在眼睫毛上
我睁开眼像花生开花
松软的泥土
潮湿的空气
高楼镇最好的时光静悄悄

我提鞋经过水渠
水渠里游动鱼与花生
我问鱼:何谓自由
鱼摇头摆尾,晃动一下就不见了
我问花生:何谓自由
花生含羞,像我小时候游泳的姿态

花生开花,蛙鸣声起
时光倒映在高楼镇
一边是高大的杨树
一边是低矮的花生
一边是窃窃私语的花生地
一边是上下跳跃的清水渠

小时候的自由一直还在花生地

细小的花举着细碎的快乐
淡香中透着淡薄的忧伤
多少年了,一切如故
花生依然开花结果
游鱼依然摇头摆尾

在花生地里
我跟在高楼镇大娘的身后
我喜欢闻她身上的花生味
那是泥土与布衣的气味

结冰的树

我拉开冰箱
跳出一棵结冰的树
我点燃炉火
点燃了东倒西歪的高楼镇

我发出哈哈大笑
秋瑾坐在我对面
也发出哈哈大笑

她的长剑放在桌子上
我摸了摸
却是热的

我把冰箱关上
结冰的树在里面发出哇哇的尖叫
高楼镇狂风大作
好像有土匪出没

我切断结冰的树
雪白的盘子像秋瑾的模样
我仔细抚摸
都是秋瑾式的温暖
一寸一寸都很暴烈

橘子

这只橙色的橘子仿若春天赐予我的雷霆
果实的雷霆,被我捉住的雷霆
五雷轰顶的雷霆

在北京我遇见一只猫一样的橘子
她夹起尾巴,蹲在我家屋顶
在河北,我所见的橘子填满了拖拉机
肮脏的生锈了的拖斗,她们灿烂的脸
闪烁河北的光泽,仿若我家屋顶的猫
发出一声紧似一声甜蜜的叫喊

天下的橘子都有甜蜜的时辰
而天下的猫都有从屋顶一跃而下的一瞬

拖拉机里的橘子脸蛋圆润
好像一张张猫脸,在高楼镇静止不动
这一拖拉机橘子欲言又止
开拖拉机的人猫一样蹲在地上

橘子抬起甜蜜的下巴
拖拉机突突冒烟,全是甜蜜的烟雾

绿树

绿树站成一条直线
正直的品质清晰可见，一眼望过去
它们像父辈，略带孤傲之气
保持了沉默是金的习惯
而果树就要杂乱一些
它们蹲在山坡上，绿得我眼睛都睁不开
一大片的绿，挤满了高楼镇的边界

树冠撑开了
夏日的天空，云朵后退
绿树后退，我站在北方大地上
拖拉机装着一车白云
装着一车充沛的雨水
一场雨水即将浇灌绿树
浇灌我笔直的身体，浇灌父辈的沉默

春秋来信

大路上走来一个斜眼人
肩上一袋线装书,布袋里有一封春秋来信

春秋来信
我才读到

读到他身世离奇的后半生
读到他落叶飘飘中泪水淋漓的脸

可怜的身世,打小死了爹娘,流落
高楼镇一户寡妇人家,做了半辈子的牛马

苦命人,把高楼镇当成
归宿的斜眼人,他坐在大路尽头,等待一阵风

就把他吹走,吹向蝉鸣包围的寺庙,吹向
春秋暮色,一尊肉身不倒的菩萨

一张油灯照耀的苍老的脸
那是孔子的脸

春秋来信

孔圣人的教诲

难以辩解的那一部分
我反复推敲,发现其中新鲜的肌体

像鲜花盛开,像高楼镇墓地的青草
牛犊的小舌头咬住了鲜花的风

高楼镇,清

清,山高
画中人疲惫
清,天辽阔
飞鸟忧伤,飞不动了

盗墓风行
有人急得不行了
祖宗的尸骨扔得到处都是

清,明月暗暗哭泣
清东陵里
"女皇"坐起来梳头

清,风吹大路上的强盗
风吹兵器发出呜呜的求救

史上没有记录的
今天我补记
史上没有留下的
那就让它消失

一阵呜咽
兵器满地,士兵哭晕了头

高楼镇,李成恩

我积雪的面容融化了
大路朝天的冬天迎向春天
春天化身为一驾马车
我是驱赶春天的驾车人
春雪追着我
一直追到高楼镇

眼前的景象惊呆了马匹
我看见另一个我
提早来到了高楼镇
我穿着粗糙的布衣
手里抓着一柄长剑
脸上闪烁秋瑾的表情
她是我梦中的导师
早早来到高楼镇
在旭日东升时阅读兵书
在残阳如雪时咳血

天空燃烧
我的脸快烧成了剑
用脸削平世事
我梦中的导师

盘起高高的发髻
她是春风中咳血的秋瑾

强盗盗取柔媚
骨头开成梅花

虚构的家谱
秋瑾的脸
四蹄飞扬的马车

辑五:通天河畔

黑暗点灯

世上有多少黑暗
我就要点多少灯

高原有多少寺院
我就要磕多少头

人呀
总要学会
向高原跪下
总要学会
把油水浸泡过的心
拿出来
点灯

寒冷的礼物

草原平坦
小溪反射太阳
我像个外星人
手脚笨拙
不懂人世

寒冷是高原送给我的第一件礼物
我收下
我把寒冷穿在身上

我收下过美酒
我收下过石头
我收下过诗集

但我还从没收到过
寒冷的礼物

你怎样获得我的爱

我是新寨村石经城的一块石头
我的肉身上
雕凿了美丽的
玛尼经文

我是二十亿块石头中的一块
我是沉默者中
唱歌的那一块
我是挣脱黑暗发光的那一块

如果你来看我
我会流泪
如果你跪在我面前忏悔
我一样会忏悔

泪流满面的石头是我
我压在二十亿块石头中
我的肉身
已经不是我一个人的了

你伸手抚摸我时
我会战栗

你干枯的嘴唇
说出你的痛苦时
我会说出我更多的痛苦

我终会飞翔
你终会从长跪中获得我的爱

称多县

进入称多县境内
我进入了神与鹰的故乡
我的心跳每一秒都在加快
心脏好像要跳出我的胸膛

镜头里出现她
与她的小伙伴
身披绛红的火焰
向我飘来

如果我生在称多县
我会与她一起
在高山上
白云下,经幡围绕的寺院

寺院里的云朵
有着粉红的脸
她的羞怯
属于称多县
她鲜红的嘴唇
属于称多县

我的羞怯
留在了故乡
我挣扎的灵魂
大部分丢在了京城
只有一小部分
跟随我来到了称多县

我小部分的灵魂
在称多县的山上飘浮
像失去了重量的白云
也就不需要
再苦苦地挣扎了

通天河畔

通天河畔,白马悠闲
通天河畔,白马像我的情人

通天河畔,神仙藏在水里
浪花扮演同案犯,喊冤
——姑娘,你终于来解救我了

我伫立通天河畔
我来到玉树群山之中
没想到与通天河相遇
在我内地的知识谱系里
神仙与鬼怪占了上风
善良的人与顽劣的人
走在同一条河畔

鬼怪自有他的命运
我只对面色羞怯的男人
才会下马行礼

施主,本姑娘有礼了
请你过河。请你的徒弟滚到一边去
哇哇哇叫唤像通天河里的浪花

结古镇

青草包围了州移动通信公司
我到达时,信号里的牦牛刚刚起身
他要去草原上班,他上班就是吃草
打电话给蓝天上徘徊的兀鹰,喂喂喂
请你下来,请你飞得更低一点
兀鹰,你这雄性的近视眼请你看清楚一点
这个手提摄像机的姑娘,她来找你朗读诗篇

我的诗篇确实有献给兀鹰的
我高声朗诵
结古镇,结古镇
你心上的人儿伤透了心
她像兀鹰一样盘旋在高空
移动通信公司派出的兀鹰
信号里的云朵越聚越多,把兀鹰抬得更高了
信号里的叫声沙哑却又伤心

卡日曲

黄河源头卡日曲
积雪悲伤,落日喜庆
行走的姑娘像个谜

在卡日曲摔了一跤
我通红的双膝在白雪的映衬下
像两只野狼
一拐一跛

卡日曲,短暂的卡日曲
我辨认落日的方向
辽阔的土地全是落日
我站在黄河源头,双膝像野狼
心脏像积雪,站稳了
大风吹起了黄河源头

晒经台

我坐在晒经台上晒太阳
河水哗哗
打湿了双脚

径通八百里,亘古少行人
千年老龟快快出来见我
我是吴承恩派来的

坐在通天河边
我等的是一个虚无的和尚
他的苦难,我也喜欢
他的唠叨,我也喜欢
他的徒弟,我也喜欢

我穿花格衬衫
坐在通天河边看一朵巨大的浪花
分解成无数细小的浪花

年轻的和尚面容安静
躁动的徒弟活蹦乱跳
如同通天河里的浪花

浪花哇哇叫嚷
——叫承恩或成恩的人
快快走开,我要吞没经书
我要卷走岸边的晒经石

草与乌云

一草原的草,一草原的乌云

乌云是天空的全部财产
草是草原肝肠寸断的情人

情人抱着乌云
一个贫困的情人
在灾难的天边散步

灾难破衣烂衫
怎配得上贫困的情人

乌云配得上天空
因为天空空得只有乌云

我遇见一座雪山

我遇见一座雪山，他是一座雪山
在春天他依然是一座雪山
我听见雪在春天的夜晚降临
他在梦中说出神的踪迹

神的叙述，鹰的飞行
我全看见了，神的额头闪着金光
而鹰的爪子滴着血，他的叙述闪着
雪的光芒

苦难在山里，幸福要通过神的话语传达
我收到了幸福的消息
你像雪山融化后的河水流淌
你活得像鹰的眼睛，擦亮了
天空与道路

天空浮起白云，那是我热爱的白云
我跟着奔跑的白云，它是那么高远
挂在另一个远离尘世的天边

大地隆起雪山，那是我仰望的雪山
我陌生的雪山，来自人生的偶遇

突然拦住了我:你是神的孩子

我是神的孩子,我赤着双脚
背着经书,在星光下闯入神的领地

雪山照耀我的前生
一个不知如何下跪的人,雪山
请教我下跪,请教我把虔诚的心
从痛苦的行囊里放下来

在神的面前我点燃了灯盏
业障与浮世在酥油灯之外,我坐下来
念石头上的经文,野花在我怀里
一朵朵开放

鹰从家里起身迎向我:欢迎你虔诚的人
你黑暗中的呼喊我听见了
欢迎你坐下来与我谈论苦难与真理
你赤裸的双脚就是苦难
你坚强的嘴唇就是真理

神披着高高的雪峰:欢迎你我的美人
你今生的愿望我都清楚了
你要做个离群索居的人,孤独会赐给你幸福
你要做个内心孤傲的人,高贵会点燃你的骨头

我遇见一座雪山
在春天怀抱一堆石头,那是我前世的
骨头,我命中的一座雪山

通向雪山的路我都走过了
通向神的问候我都念过了

浮世的财富我都舍弃在半路
我只收获了鹰的话语,我只收获了神的恩惠

柴达木的霞光

我的柴达木,我盆地的霞光与奇幻
躺下吧,我疲惫的身体,我的霞光
我的雅丹,我在奇幻的大地上眺望

我眺望柴达木的山,我眺望柴达木
千年的山丘上那不绝的霞光,霞光
是柴达木的体温,是我奇幻的体温

我深陷入雅丹城,我深陷入远古的
爱与恨的狂风暴雨,魔鬼城的美艳
驱逐了强盗,格萨尔王啊你回来吧

我走了好远的路,终于走到柴达木
牛羊成群,炊烟袅袅,格萨尔王啊
我走在霞光上,走在丝绸的沙漠上

如果格萨尔王一路向西,我的双脚
还得向西,一直走到二郎洞,霞光
一直把我送到了石经院,我跪下来

向着牛羊与炊烟跪下来,我听到了
格萨尔王呼唤牛羊与炊烟的号角声

牛羊从岩石中浮现,炊烟渐渐直了

我惊叹大漠落日圆润,我惊叹雪山
守护一座佛塔,柴达木的清风翻开
二百部经书,霞光在默念美的经文

柏树山的古柏绿了,我虔诚的诵读
催开了野花,高远的蓝天放低白云
我的匍匐溅起了神话里的朵朵浪花

这是奇幻的旅行,长江源头的一夜
那紧随我的霞光,唤醒了疲惫的心
我的柴达木,我青春中翻腾的骏马

帐篷里的人

住在帐篷里的人,是心怀大地的人
他失眠,因为他对天地的忠心

他还忠于一天有限的睡眠
当他睡着,那才是应该的
不应该的是风吹帐篷
马匹转过修长的背

我听到风吹帐篷
而帐篷醒着,风吹山岗
山岗快吹跑了
消失在一匹马的曲线里

如果我到了山下
我会站在一堆云彩下
喊帐篷里的人

他会牵着马匹走出帐篷
脑袋上包着一朵云
脸上倒映异域的一角

哪怕是一角

都是美景

他抱着马头琴
沙哑的喉咙里的马头琴

远方的客人,请你来我家帐篷
用小刀细细切下风干的牛肉
切下他脸上那一角美景
异域的美景

风吹美景
风吹小刀细细的笑容

仙境

温厚的僧侣
坐在石头上

他像我亲爱的人
看天边的鹰飞过

看风吹过山岗
看马车像幽灵

天色微暗
马的脸却发亮

马要睡觉了
他困了,站在寺院门口

夕阳照着疲倦的大地
心如酥油灯扑闪扑闪

人生的仙境
一一展开

僧侣在微笑

我看见他笑时
他正转过头

与狼对视

翻过好几座山才能回到家
这是一个春风吹拂的傍晚

少年正在长大成人,单薄的身体
迎向狼的少年胆怯了,他的身体颤抖

妈妈呀我要被狼群吃掉了
妈妈呀我害怕回不了家

妈妈听不到少年的呼喊
风吹得山路上的石子飞奔
风吹得少年的牙齿打战

这是人生的第一次险境
长大后少年才明白
人生的险境还有更多

爸爸每次骑马送少年上学
马背上他睡着了,躺在爸爸怀里
如今爸爸衰老了,马也死了

少年长大了,他向我讲述少年往事

夜色笼罩下他的讲述
语言之灯照亮了长长的山路

少年扑向狼群
他迎向凶恶的阵容
多少年了他还保持最初的姿势
迎向狼群

少年从狼群中突围出来
他咆哮的身体,他挥舞的石块
如今都不见了
但流血的脚板一路流着血

妈妈呀我回家了
妈妈呀抱着从狼群中逃回来的少年
妈妈呀柴火中晚饭飘香

与狼对视的那个少年长大了
他一个人翻过山岗
他迎向更多的狼
饥饿的狼群没有吃掉少年

草原铺薄雪

草原铺薄雪,并不妨碍牛羊撒欢
我来迟了,还摸不到草原的门
一阵脚步踩着脚步的声音
我还以为是我的脚步声,是马

马爱奔跑
我爱呆呆地眺望
你是一个平静的人
还是一个慌乱的人
在草原原形毕露

我翻了翻草原
发现我前世慌乱
今世过于平静

我的平静与薄雪恰好遇到
我与奔腾的骏马背道而驰
不要笑话我不懂草原
我不懂的还有牧马人
他脸上有白云翻滚

察看雪山

在天气晴朗的午后
我骑一匹枣红马涉过河水
在雪山脚下伫立

枣红马年幼
柔顺的毛发披在身上
它跑起来像飞翔
一阵风飘过,再一阵风飘过
我就来到了雪山脚下

在雪山面前
枣红马略显羞涩
它低头沉思,我一勒缰绳
它仰头发出一声长嘶
它洁白的牙齿像细小的雪峰
前蹄扬起,而我稳坐马背

有什么好羞怯的呢
在我眼里雪山如老马
它们奔跑了几千年
如今疲倦了,停止了奔跑
在午后的西域

雪山静如处女

枣红马不能理解我对嘶鸣的向往
更不能理解我向雪山深处打探的欲望

我细细察看疲倦的雪山
它们挤在一起
任由一匹枣红的幼马
在它们面前转来转去

雪山星夜

狼趴在雪上
它想念人类

星空在我头上
人类的星空
无人目睹
无人相守它的孤独

我是人类的一员
我骑马跑过雪山星空

星空孤独
雪山温暖
狼侧卧雪地
它想念人类

星光照耀雪山
星光白白照耀人类

我骑马跑过雪山
头顶星光
像一个盗取星光的人

过西域

我对沙说话,沙答应我
嘴唇吐出细沙
我的牙是一弯新月
照耀我的城堡

西域多雪,多沙,多风
我对雪说话,雪答应还我一身洁白
我对沙说话,沙答应在我的额头
筑起一座城堡
我对风说话,风答应吹走
我脚下的遗骨

我在黎明醒来,雪、沙、风
这三件闪光的器物在我的手上汇聚
像我抚摸过的东西
在夜里飞起来,在黎明
静如一缕晨光,在我手心
婴儿一样光滑

我洗雪,洗雪山的骨骼
我吃沙,吃得满嘴欢叫
我捧着西域的风,整个西域

伸手可见，好像要抓破了
唐僧的面容

禅的行囊

天空高远
人马干净
我背着行囊
脚穿草鞋
草鞋如船
我行走江湖

我只身一人
挽着一匹小马
我不骑马
我只与你说话

我一路向西
云霞向我靠近

清晨的原野静悄悄
小鸟还在沉睡
一队北方的行脚僧
他们的身影
在树林里若隐若现

我跟在他们身后

一路向西

一路走向西域渐渐明朗的早晨

马上思

我坐在马上眺望祖国的雪山
白茫茫真干净

雪山在祖国面前显得无限矮小
它绵延万里,我的马腿都跑瘦了

我坐在马上眺望草原
草原淡绿,绿得新鲜

草原在祖国面前显得无限陈旧
把我的马儿衬托得十分的矫情

我一边思念祖国
一边从马上滚下来

我要马儿跪下
我要从马上思
回到马下思

白狐传

我叫你草原上白色的仙人
从清晨的露水里冒出来
站在我面前，一脸的无辜

我大声呼喊你——白狐白狐
我害怕喊出一团白色的柔骨
呼的一声，你就从我脚边逃走

若即若离的仙人
这是多年来我梦中的一只白狐
一团粉红色的柔骨
四肢短小，嘴唇上流草原之蜜的
粉红的白狐

我从马上探下身来
问她：你仅仅吃草就如此肥美
仅仅望月就如此清纯
仅仅与人类保持若即若离的距离
你就获得了白狐的美名

我让白狐
惊喜，疑惑，跳跃，变色

暴雨传

一吨乌云
一吨乌云到底有多重

打鸣的公鸡扑扇着金色的翅膀
它的鸡冠竖起来

我在树冠下等待乌云的晚餐
天空布下刀叉、碗碟,还有狂风

欢迎公鸡乱窜
欢迎晚餐前致辞——今天
一个狂风吹起硕大雨水的日子

淋一场夏天的雨水
喂饱皮肤病患者无端的渴望

我停下刀叉
切下的树冠
在盘子里站起来
公鸡在盘子里站起来
乌云在盘子里站起来

暴雨来敲门
我起身开门
一吨暴雨砸下
闪电照亮
一张蜈蚣的脸

请坐，蜈蚣脸呆立一边
请容许他先脱下雨披
给你刀叉，请坐先生
请容许他先擦掉脸上的暴雨
现在，你可以吃了
先吃掉蜈蚣的头
再吃掉它的
也就是这位先生自己的
众多乱晃动的细小的腿

割草传

一场不真实的失眠
割草机在头脑里颤抖

脑仁是一只安静的小鸟
一阵风吹起了脑仁

我要阻止这无休止的轰鸣
把脑仁都粉碎了

水龙头里喷出的全是赞美
尘土味、青草味与自来水味

刀片上下错乱得不对称
切割时的飞溅击中了包裹的头
细碎的残骸
仿如我未知的过往

温柔传

一个人提着一棵树

树冠如墨汁

一滴一滴滴在夏日阴凉里

有人推开门,手指苍白

她的脸上有一团火苗

她的嘴上有一棵树

树冠翻滚

她说话快速

眼睛闪烁兴奋

她终于坐下来

看着我的眼睛

吐气若兰

一字一句告诉我

世事如墨

我只取一树冠

陌生传

炉子上烧红的激情
能端到桌子上享用吗
一个雨夜探访的朋友
该如何劝说她
我与朋友在书房里静坐
偶尔交谈
偶尔看一眼对方
她的脸瘦了
她的人生看不清了
好像她来历不明
她的脸忽明忽暗
陌生得如十年前
我们在机场的偶遇

细雨传

我坐下来苦思冥想
用手指敲打雨水
抬头看云的日子
内心慌乱
双脚如野兽
嘴里的闪电烧焦了

我认识细雨
那是在一年前
我从办公楼出来
一场细雨淋湿了我
你是去年的那个人吗

我不是
我怎么是去年的我呢
我走入细雨中
我认识一场细雨甚过一阵风

桃花潭水

1
历史的镜子里一潭桃花,李白的面孔
浮现。他集合了山水与桃花的精神
他俯下身子,像一只步入晚年的仙鹤
他吹开水面,看见乡绅汪伦向他招手

过来饮酒,友情的盛宴摆满万家酒店
过来呷花,虚拟的桃花开在皖南的腰上
李白的性格决定了这一场历史的赴会
山水的性格决定了历史的容颜万古长青

2
来了,水墨画的气息适合流水的速度
来了,皖南的气候正是饮酒作诗的气候
衣衫里的人在美酒里游荡,形同仙鹤
此地甚好,虚拟的桃花恰到好处

缓慢的时光恰到好处,木屐踩着了
鸟鸣。鸟鸣加深了那个朝代的修养
也加深了李白的醉意,如果没有变化
今天的鸟鸣应该是李白细碎的笑声

3
船上的李白与岸上的李白是两个李白
他有一双细长的桃花眼,他眼里的汪伦
个子不高,安徽男子的身材匀称
性情温顺,李白认可这样的男子

时光的绸缎献给了泥泞的徽道
诗歌的流水制造了不朽的友情
桃花潭水哗哗翻滚,像喝醉了的李白
怀抱汪伦的游客跳下了桃花潭

4
我祖籍的山水诱惑了李白
李白的浪漫等于大气
李白的酒量等于善良
那一年李白等于汪伦

他们在一起有多久
我从桃花潭的流水中找到了答案
潭深,水底有隐士
山绿,鸟语通古今

爸爸骑着乐器的马

清晨,爸爸骑着乐器的马
推开门
马蹄的节奏惊醒了我
爸爸去哪里
他把我引向最明亮的地方
光线在树林翻飞
马在树与楼群之间穿行
爸爸骑着乐器的马
寻找他四散的子女
我尾随他
我要在他疲惫的时候
突然跳出来
马浑身颤抖
像我伏在他的琴弦上
我轻轻哼唱
祝爸爸生日快乐

爱不会衰老

爸爸像年轻人走路
爸爸像年轻人说话
爸爸像年轻人果断
爸爸像他年轻时一样
喜欢乐器与素食
人越老越喜欢乐器与素食

爱不会衰老
爱像衰老一样
不会马上说出

阿尔山之恋

如果你是阿尔山,我就是哲罗鱼
云朵浮在我的额头,野花咬着我的脚趾

人间仙境少不了云朵聚集
也少不了哲罗鱼

对世间所有的鱼我都心怀敬意
她是神的使者,眼神迷离

鱼的眼神透出慈爱,又楚楚动人
我惊讶世间的孤寂

我独爱这份孤寂
独爱阿尔山哲罗鱼

阿尔山,我今年遇到的神仙不是一座山
是哲罗鱼,是努木尔根河

是哈拉哈河,是哲罗鱼
别为我在河边支一口小锅,别煮了我

渔浦

我们坐在渔浦
古代诗人坐过的地方
这里的水经过了唐代
这里的天空写过唐诗
我们饮茶饮下了古代诗人
飘起又落下的影子
借茶还魂的事
时有发生
我们中间有人面色转蓝
他匍匐在渔浦
像鸭子在水面找到了
快乐的游魂

九月

九月适合来渔浦钓鱼
古人一整天坐在湖边
他穿着蓑衣
呆坐一整天不发一言
很多年后我们才知道
他并没有鱼钩
他与鱼对话的方式我喜欢
九月的湖面看不见鱼
鱼在水下等待
我没有蓑衣也没有鱼竿
我告诉鱼：时代不同了
不要等待理解你的人
他不会来了
九月很快就会流逝

唐诗之路

我走过拉丁美洲的诗人之路

聂鲁达躺在路的尽头

太平洋黑岛边的墓地

我走上浙东的唐诗之路

李白、杜甫

白居易、陆游

他们活在白雾里

排着队像一群大鸟

骑大鸟的神仙

在浙东找不到他们的墓地

因为他们飞在天上

不死的灵魂

投下白雾的足迹

李白寻访贺知章

李白来了
他是来寻访贺知章的
贺老年长李白四十二岁
他辞官回乡之前
把李白推荐给唐玄宗
并称呼他为谪仙人
李白很快就厌倦了
在玄宗身边的生活
他决定南下寻访贺知章
他先做了一个梦
梦中他上了天姥山
等他赶到贺知章的老宅时
贺老已经作古
四十六岁的道士李白
一个人走上浙东古道

壮游

杜甫二十岁时突然想远游
县令父亲杜闲说
好呀你去越地玩玩
他沿着古道
迎接他的是
一池碧绿的鉴湖
遍地白皙的越女
她们在溪边洗衣
三十五年后
杜甫病卧夔州
开始写自传叙事诗
他念念不忘
浙东的道路

我爱你

我爱你三月天空上乱飞的燕子
她们奋不顾身,穿过雾霾又回到我家屋檐
——多少年来她们没有舍弃父亲

我爱你汴河边的野鸭
它们惊慌地看我脱下高跟鞋
看我赤脚踩进汴河边的淤泥

我爱你那一朵朵细碎的小花
她们开在坍塌的孤坟上
我要祝福所有的亡灵在春天复活

我爱你路边脏脏的水牛
我敬佩它孤独沉默的一生
从它的大眼睛里找到我的羞愧

我爱你若干年后依然神采奕奕
回忆我们年轻时的幸福
满头白发像时间一根根清晰

我爱你说出:我爱你
我爱你说出我爱你时脸红的样子

人世莺飞草长,铁石心肠也软了
爱意味着柔软又胆怯

辑六：忽闪之念

忽闪之念

1
今晚长尾孔雀收紧了脖颈
她的羽毛涂过油,我哭过
为孔雀哭泣是我少女时代立下的誓言

2
美人打嗝时不要弯腰
因为美正从喉咙穿过

3
在黄昏给孤独的爸爸打电话
我承认我是孤独的女儿

4
丝袜不必晒在阳台上
我的双腿自动拧干了它

5
我十八岁时穿过的舞鞋
记录了十个脚趾的哭泣

6
在床边放一盆清水,睡眠更深

7
我们这个年龄不应该把眼泪
储存在眼睛里,再薄的忧伤
也是厚的,再深的爱也闪烁

8
烈日与阴凉无可选择
我便选择在雨中狂奔
不要让截句来势太猛
我故意摔倒心生畏惧

9
截句不是蒋一谈交给我的命题作文
小时候我写作遭到了一只鹅的点赞
现在我只是写下鹅一摇一摆的体态

10
一线诗人比二线诗人死得快
海子比骆一禾早死约六十五天
名声有别,天数并不准确
谁是一线谁是二线最好忘掉

11

杨绛先生临死前还是美人
张爱玲老师临死前无从考证其颜值
我相信不同的美终被作品消灭

12

我没把汪曾祺看作旧式文人
"秋葵也命薄"是汪先生说的
说出了人间草木共同的命运

13

本月要去参加妹妹的婚礼
我提前失眠
我不知妈妈是否知道
这人间的喜讯

14

陪伴我的是一帧妈妈的黑白照片
她穿着碎花棉衣,二十多岁光景
生活刚刚开始,我们尚未到来
她正在迎接一个她将要舍弃的世界

15

孟夏的树枝已转绿
一只小鸟张大嘴巴
它妈妈把食物送进它的嘴里

我想起妈妈几十年了还没有复活

16
妈妈不在了,我开始为全家人做饭
我把白菜洗净,在汴河升起炊烟
我要让妈妈在天上看见我的炊烟
是属于她的炊烟

17
我人生最大的幸福是为家人蒸一锅白面馒头
月亮从窗户照进来,我们围坐在餐桌旁
弟弟吧唧吧唧啃馒头喝菜汤的声音
大过满院的虫鸣,死去的妈妈仿佛还在

18
冬天的雪水是热的
我负责为家人洗衣
李家的少女初长成
肿胀的双手到春天依然发热

19
我骑着一辆单车
从光明大街拐上钟馗路
当年尾随我的小流氓
如今饱经沧桑为人父

20
阳光明媚的80年代末
我身穿黑色短裤、淡绿上衣
双手抱着,站在老家的红砖墙边
我的大腿啊大胆暴露在阳光下

21
两边的梧桐树高大,像陌生的孝子
一条路又长又干净,雨水刚刚冲刷
我三岁骑在大人头上去定远县奔丧
我的爷爷躺在棺材里,一脸的胡子

22
今天我吃到小时候两毛钱一碗的桂花藕粉
想起卖桂花藕粉的乡下男孩
他掌握了神奇的制作秘方,消失在巷子里

23
我枕着老面包入睡
希望梦里有粗粮五斗
长江中下游的亲戚们
我将乘船去——拜访

24
擅长哭泣的女生适合参加演讲比赛
她一开口就眼泪汪汪被故事自行感动

两次过招,我都败下阵来,只获得第二名

25
1995年我获得人生第一个有奖品的奖项
一本新华字典、一个笔记本与一台小收音机
我把收音机送给了外公,那时的喜悦无与伦比

26
外公过世前两年
我回家突然发现他耳朵聋了
我难过得在屋里放声大哭
外婆在他耳边大喊:她——在——哭

27
埋在麦地里的翠鸟
我并不害怕她的头冒出来
我害怕的是翠鸟在我头顶不停旋转
她的叫声清亮,像我的心扑扑直跳

28
双唇的囚笼一旦打开
必将释放语言的罪犯
谁愿意举起手来
取出两排血红的牙齿

29

光倾泻在我头顶

我感觉到了光的压力

但我站在光里

像一个下半身被黑暗托举的人

30

一排拉链

一排金属

它们把我分成两半

像我可以控制的一整根肋骨

31

当洗衣机发出鼻音浓重的响声时

我觉得生活才有意义

当家里安静得出奇时

我听到护念堂里的菩萨开口说话

32

月光剥掉了马的外衣

它一动不动,羞涩之美在于

它的美牵进了我的卧室

33

发质过硬的女人内心必定柔软

我的头发刚好过肩

就这样随意,好像无从知晓
我已习惯了发丝吹拂你的面庞

34
为什么女人要穿皮裤子
我反对一切油光闪闪的东西
我反对女人在镜子里裸体
我反对女人骑在老虎背上

35
女人一生,清水一世
一生清盈如一只鸟滑过
一生只喝一碗清水
一生只爱一只鸟鸣

36
天葬台的早晨
神鹰缺席,露水饱满
我的镜头里祥云朵朵
他们都是早起的神仙

37
我的师父都穆曲杰仁波切
见我的第一句话是:你还好吗
我忍不住流下眼泪

38
我从寺院走过
远山白雪覆盖
火焰弯腰致敬
像我一样忏悔

39
我脱下高跟鞋,脱下了另一只脚
我走过的路倒挂在天上
人间的香气啊一路追随
在地上行走好过在天上飘荡

40
汴河升起薄雾
我睡在异乡夜
梦见一块墓碑
冒出点点火星

41
春天来时,我下楼取乌鸦的邮件
邮差是一个戴假牙的人,他一边
咳嗽,一边告诉我春天来了
乌鸦带来吉祥与满嘴金色的阳光

42
灯光是夜的强盗

林荫、细密的树叶与寂静的道路
都被强行剥开，露出夜的秘密

43
女人把头靠在灰色石头墙上
她最不该穿一件火红的大衣
生活已逼迫每一个人转过脸

44
快递送来一箱夏橙
巴东县的果树叶片翠绿
带着三峡库区的阳光
我抚摸夏橙，连叫妹子妹子妹子

45
夏季的雨水像银针
翠绿的树叶浑身颤抖
像我小时候打疫苗

46
深夜与自己聊天
发现内心深处坐着另一个我
她说话语速惊人
说出多年前我在树下埋下的钢笔

47
不见泥土
杂草藤蔓是陈旧的
绿色来势凶猛
美人半新半旧

48
电线从黄昏的天空划过
北京的倦鸟飞往淮南
此刻,我爸爸睡觉了没有
一天,被鸟儿带向黑夜

49
窗外的风景把室内衬托得更暗
窗帘敞开,我端坐如宋代山水
隐身于一只瓷碗上

50
猫,一个小人儿
她爱上另一只猫
从不刮胡须的猫
他的衬衫是皮的

51
双腿撕开成一字
让白云从此飘过

双腿收紧成一腿
让脚尖随风吹起

52
窗外走过老虎
柔软的腰身
亲人的眼神
老虎啊请你破窗而入

53
天鹅在蓝墨水的河里游弋
铁路桥从天鹅头顶横过
戴礼帽的先生在岸边扮演幽灵
他的低泣让铁路颤抖

54
野花淹没了马的嘴唇
它吃花的样子羞涩啊
像我的男人低头示弱

55
索昂巴松堪布在微信里问我
来吧狗，你去过来吧狗吗
我想了想，勒巴沟，我去过

56
草丛里的莎士比亚竖着两只尖耳朵
他爱吃草,端坐荷叶上的莎士比亚
露出白色肚皮,小区南门的莎士比亚
我们只是点头,好像开会时意见一致

57
轿中人必定有一腔幽怨
——程派《锁麟囊》
我试图拜访轿中人
未果,便起了加入程派的念头

58
南瓜兀自熟了
瓜藤随意搭配
蚱蜢略显紧张
带我入园偷拍

59
陷入爱情里不能自拔之人
更容易获得银行贷款
因为房地产市场充满了爱情公寓

60
1868年爱迪生发明了电动表决机
他打算把这个机器卖给国会

国会主席的嘲笑
被纽约股票交易所买下了

61
一个男人喜欢雍正年间的礼部侍郎
蒋廷锡，1669年出生的常熟人
可以拜他的花草虫鱼为师
但不可学礼部侍郎的光头造型

62
一个人繁花似锦，一个人烈火烹油
一个人红唇烈焰，一个人牙齿惨白
我喜欢互联网思维下的以上四个加

63
鹅的脖子像蛇
鹅的眼神像阴郁的绅士
它们沉迷于自己的倒影
光阴一晃一个下午

64
碧蓝色的香皂盒是我喜欢的鱼形
鱼的鳞片、眼睛与尾巴
十年前我从深圳带来北京
今天突然出现在我面前，它还是活的

65
蜜汁莲藕、醉春归黄酒与苏州评弹
我一一品尝,总觉得这些滋味
来自我关于一池荷花的想象

66
不要狠心掐住花的脖子
更不要摘下幼嫩的西瓜
夜里开始有了夏的凉意
我愿西瓜收集更多的汁液

67
飞机从窗外飞来
它急匆匆穿过我家卧室
在书房一本杂志的封面喷下一团白云
此刻,它已安全降落在首都机场

68
嗷嗷叫的驴子,一个语言过剩者
自言自语的尼采正从异乡归来

69
薄荷香气浓郁的女人在古时
她送给爱人的香袋里有我种下的薄荷

70
瓦檐滴雨,楚楚可怜
我适合在汴河长大成人
一生只为反抗柔弱的光阴

71
我的绿萝叮叮当当
她们教育我做人要叮叮当当
从一只瓷碗边飞身而下

72
画画的女诗人母性十足
她生下白纸与白纸上的线条
画被她教育,被她驯服

73
我喜欢长相如土豆的女人
如果她能生一两颗痘痘我会更爱她
如果她教我挖土豆我会一直坐在地里

74
我看见一朵小火苗在房间里
左右摇摆,像我躲在黑暗中呼喊救命
我不要一场大火,宁愿一朵小火苗左右摇摆

75
死亡之花晶莹剔透
翻身而起的人
白色胡须照亮了我的眼睛

76
菠菜、青苔与毒蛇
我都会为它们辩护
世间的美好与邪恶
像我这样艰难度日

77
把衣柜的门拆下来
从此我选衣时不必担心门的存在
是为了提醒我不要出远门

78
这几年我煮饭,但不切肉
厨房也是道场
油锅下的火苗
生活忽闪之念

79
站在河边
我与孔子一同追赶昼夜
谁也舍不得去另一个时代

80
柳永无处不在
他憔悴如十里秋风
宽衣解带的风气缓缓吹过

81
简约是我一生的理想
年轻时繁复尚可接受
往后要过黑白分明的生活

82
两座小岛耸立于湖面
把我推出巨大的静谧
小岛上的树长成风的形状
像一排人集体梳头

83
看古典独舞《点绛唇》
舞者华宵一如一段流水
我的残心在物哀中持续

84
到底叫黄山市还是徽州市
我纠结了一晚
第二天起床后我决定忘记

85
白色的云朵是一团团呼吸
悬挂在幽蓝的天空，暮光里
我们一群人沿着土路向云朵靠近
反光的树叶上有我们的心跳

86
阳光普照夏日的油菜地
油菜花转瞬即逝，秸秆收紧了果粒
没有人会欣赏油菜的孤独感

87
霞烧红了西天，云翳美得像假的
远山退居于一天的阴影下
阳台上的铁栏杆柔软舒适
此刻谁心情不好谁就无可救药了

88
宇宙沉下去了，雾弥漫
唯有这座山我还是看不清晰
唯有山巅一棵小树孤零零的

89
暮色降临楼下的小花园
白天的气息被大地收走
我们在屋里吃瓜果蔬菜

你说:快听!藤蔓沿着黑夜爬上了窗台

90
录影带保留了第二次见面时的对话
记得你当时说是为未来说的话
现在重看:未来还要继续一生
你的嘴形会一直微微翘起

91
什么可以留恋?你喜欢我在郊区黄昏
拍摄的照片,"夕阳余晖见证了青春"
我不知我曾经笑起来像猫
"小猫嘴"是你私下的命名

92
没有来得及寄走的少女时代的衣服
叠了一柜,"如果还没寄走就不要寄走"
灵璧、深圳、香港与北京,我的气味还存在于
这一柜子衣服上,我的气味史

93
我在海边梳头
木梳上全是盐粒

94
打开我的衣橱

海水哗啦倾泻而出

95
在海上哭泣的女孩
回到岸边止住了哭
眼睛雪亮如一片白浪

96
梦见大海分娩
日出血一样冲天喷涌

97
我在海边点燃一堆石头
大海的婴儿红光满面

98
水手还没有回来
妻子披衣出门
她要回到大海的床上

99
大海甩动白发
沧桑的男人终归平静
我拥抱晚年的大海

100
海上生明月
鼓浪屿轻轻晃动
给鼓浪屿写封邮件
落款是带走日光岩的人

101
我想去清风亭
我喜欢戏曲艺术的善恶终有报
"铙鼓既歇,相视肃然,罔有戏色"
被暴雷殛死的张继保一脸的铜钱

102
我有养象鼩之心
我敬佩它在0.23亿年的进化历程中
体型从未发生变化,它的非洲之吻
它的一夫一妻制,人类何曾做到

103
我问故宫的乌鸦
乾隆帝亲自督造的倦勤斋
为何一天也没有入住
乌鸦的叫声小心、淡然而超脱

104
素食后读般若系大乘经任何一部

都有人间美味,看苏轼用丰腴跌宕的笔法
抄写的《金刚经》,更有天真烂漫之趣

105
颐和园鱼藻轩,王国维在那里跳进昆明湖
遗书曰:五十之年,只欠一死
而前一天他还参加清华工字厅的惜别会
万万不可信与人作别如常的人

106
巴尔扎克的手杖柄上写着
我在粉碎一切障碍
而我未来的手杖将粉碎这些截句

107
看奥斯卡最佳动画短片《变形记》
与日本导演山村浩二的《乡村医生》
在卡夫卡阴郁、荒诞、梦魇般的氛围里
我紧紧拥抱住这只四十一岁的寒鸦

108
人类境况的先知卡夫卡说
一切障碍都能摧毁我
我的孤独还不够深刻
一切是什么?虽然障碍我已经遇到

109
"你唯一能逃避的,只是这逃避本身"
但无论多么艰难也不要逃避卡夫卡

110
"早晨醒来我会不会变成甲虫"
由此疑问我潜入人类的夜晚
我是K,一个土地测量员
现代主义先驱,请入截句之家

附录：
诗论两篇

山水精神过滤后的清洁之气

《睡眠山水》这部诗集有一多半作品是我向自然致敬之作。中国自古就有谢灵运、徐霞客这样的行走者,他们的灵魂在中国的山水之中,虽然他们的肉体消失了,但其山水精神不死。

从懂事的时候起就听父亲给我讲这些古人。他们一生在山水之间漂泊,布衣草鞋,背着简单的行囊,吃的是百家饭,睡在树下月下,风餐露宿,但他们不觉得穷苦,他们精神的快乐与行走的诗意深深吸引了我。

我一度认为写作必须从行走开始,也曾试着每到一地就写下一首诗,这与应景之作无关,我把人的灵魂置入山水中,从而获得内心的宁静,获得自然的奥妙,这是何等美妙的写作。

近年来,我写下了许多在山水中行走的感受,以及我生活中的亲情,打动我灵魂的那片刻的诗意。当我与月亮对视,凝望夜空时,我听到了谢灵运与徐霞客远古的呼应。

人可以老去,但山水不会,山水万古长青。不管现代化如何摧毁古老的精神,不管文明的进步如何以破坏自然为代价,山水永远活在人的心中。生活越来越功利化,诗人越来越丧失对自然的表达,丧失与山水对话的能力,这是残酷的现实。

我企图以个体的感受去回应远古的山水精神。我的亲人有的老去了,他们回到了汴河的波涛上,他们躺在自然界的风声中,享受阳光与雨露。而我在异乡行走,我的梦中时常会出现他们像谢灵运一样的面容。

我向谢灵运与徐霞客呼救,他们的灵魂是可信任的灵魂。

灵性山水印证了人类的精神历程,中国文化本质上是自然山水的文化,而中国诗歌自古源于灵性山水,我们与山水的关系实际上是人与自然的诗意栖居的关系,通过灵性山水反观我们内心的焦虑,通过自然主义的诗歌书写达到人与天地的统一。

天人合一是至上的境界,诗歌是文学化的宗教,它对现代文明的教正与浸润,在一个歧路丛生、价值多元的现代文明与后现代文明犬牙交错的时空,愈发显得重要。

作为80后的一代,我们的迷茫与错位可能比前人更加严重,我们的写作在混沌中更加需要清澈的眼神与干净的内心。

经历了文明乐礼的崩溃与乡土文明的涣散,诗歌是我们内心愿意坚守的宗教式的文明。梁漱溟在八十年前就发现"中国乡村的最大挑战之一是伦理破坏和文化失调",而"私塾、乡绅、耕读传统和告老还乡制度使得乡村成为传统文化的发源地和蓄水池",随着城镇化的现代文明进程加速,我们精神的最后一片土地——乡土山水被挤压变形。此时我们呼唤灵性山水:一种自然主义的诗歌书写就具有特殊的时代意义,我愿意以谢灵运、徐霞客行走于大地的诗学精神进行自然主义的建构。

20世纪80年代我出生于汴河流域的灵璧,那是钟馗的故乡。一个不怕鬼、专门打鬼的人,他是我传统精神的一部分,我把钟馗这样的人视为故乡的精神。

在我的出生地还有项羽与虞姬这样的英雄情侣,血性的历史虽然远去,但说到故乡时不得不提到他们,每一次回到故乡我都能感受到他们的气息。

一个人的写作与他所在的省域有多大的关系？有的人一字不提故乡，有的人把故乡完全当成写作的精神支柱。随着年龄的增长，我感到胡适、陈独秀、海子等人所形成的故乡文化里有更强大的力量，而我们常常自以为是，看不见身外之物，以自我为中心的写作持续了多年，文化的血脉没有了，传统的温润没有了，我不知我们还有什么。

置身于山水中，在大自然中冥思，我闻到了不同于钢筋水泥间的空气，山水空气里有寡淡的超然物外的泥土气息，有山水精神过滤后的边缘清洁之气，有我熟悉或陌生的方言与人群，这些都是弥足珍贵的。我把这一切留在诗歌里。

诗歌为生活立传

我从中学时代就开始写诗,故乡人世,天文地理,我都写过,无知者无畏,年少的写作单纯而美好。直到2006年为中国教育电视台拍摄诗人的纪录片,才与北京诗人有所接触。

我认为写作永远是一个人的事,与他人无关。80后写作者具有承上启下的特点,是对60后、70后,以及50后、40后的文学传统的继承与创造,并且是对后一代的启蒙。

回看来时路,文学像故乡的河水与云朵一样跟随我,小时候的阅读与对文学的喜爱,注定让我把最美好的时光献给写作。诗歌不是青春病,而是表达我生命状态的方式。我是个纪录片导演,诗歌更像我的"文字影像",它诚实地记录了我的生活,似乎无可回避,通过诗歌为生活立传。

十多年来我写过一条河流叫《汴河,汴河》,写过一个小镇叫《高楼镇》,写过一个村庄叫《雨落孤山营》,写过一方内心的池塘叫诗的《池塘》,写过一盏灯叫《酥油灯》,以及电影诗系列、古典意象青花瓷系列、历史和女性题材的胭脂传系列、西域高原系列、忽闪之念的截句系列等。

我每一本诗集的风格都会有所不同,完全取决于我的生活状态与对艺术的探索步伐。《汴河，汴河》那本诗集里大多数作品是我童年的回忆。《春风中有良知》是我在艺术上一次大胆的尝试，我想把对人类良知与女性命运的思考都放在诗歌里，进行一次不设防的写作。《高楼镇》是故乡的高楼镇也是异乡的高楼镇，回到地域与女性等题材上，我的审美并不局限于某一类题材，但我把精神与地域的历史结合在一起进行系列写作，其实这几部诗集都在这个方向上试图做持续的探索。我想解构我的故乡、我生活过的地方，以及我的历程，也就是这个国家与我个体的命运。

我的写作计划较为系统，但不知能否达到目标。我的写作是站在个体中表达中国的经验，甚至更辽阔的对世界的看法。我希望我是一个辽阔的诗人，不只是关注当下，要对过去与未来发言。我不想只做边边角角的改造与创新，我想做整体的创新与改造。

我的每部诗集都是一个重建个人诗歌信念的过程，文学需要独立的个体投身其中，个人情感与时代体验都在诗里面，诗是对时代与个人历史、情感的综合考量。一个人有多丰富，她写出的作品就有多少动人之处；一个人有多少思考，她的作品就有多大的力度。每部作品都是我多年力量的聚合，是一个奔跑着的人的奋力一跃。

我想表达对这个时代，包括过去与当下的体验与看法，我的感受就是我的诗。我的心投入其中，词语与意象、形式与题材都被我的心驱使。

本质上说诗歌不可能超越生命，它是我写作的一种体裁，我不想把诗拔得太高。但诗歌给我生命带来了快乐，也有痛苦。诗是生命力的体现。

我经历了最早的青春阶段的写作与现在的探索阶段的写作。青春阶段有甜蜜的抒情，有青春的纯洁与飞扬，那是一条必由之路；探索阶段的写作有坚定的方向感与使命意识，我越来越感到文字的重量。

　　写故乡很容易，但要写好异乡却并不容易；写自我的经验也很容易，但要写好探险中的经验才真的很不容易。

　　我沿着一条陡峭的路往前走，我在反思我的写作历史，从我第一部诗集《汴河，汴河》到《春风中有良知》《高楼镇》《雨落孤山营》《池塘》《狐狸偷意象》，再到《酥油灯》《护念》《柔软的来客》，我前面的路越来越陡峭。我发现在平地上腾空一跃很容易，但要在陡峭的崖岩上攀爬很困难，手脚稍有闪失就有可能跌到谷底。不过，又有谁愿意做温水里的青蛙呢？一个诗人如果总是在一个平面上腾空跳跃，其实是很没意思的事，做探险者才过瘾。

　　我的诗集《酥油灯》写的异乡，是此前完全陌生的雪山草地、藏族人物与他们的故事，近年我每年抽出一个多月时间去藏区生活。我一边拍摄纪录片，一边开始写作关于西域的诗歌。我想从西域文化上寻找突破，写出有异域现场感的作品。

　　通过《酥油灯》这部诗集，我找到了一种新的语言，急骤或短小，绵延或沉静，语言如灯，扑闪扑闪，有了神秘的光影，有了宗教的光晕，但又是介于人性与宗教之间的新的语言实验。我写出了新的语言节奏，像喇嘛念经，像招魂歌咒，语言有了草原的辽阔与柔软，有了雪山的遥远与硬朗，语言的多声部里传出草原与雪山的声响。

　　保持创作的活力是一个诗人的天职。我现在只是一个拳击手，我站在舞台上，我的对手是我自己，我必须不断弹跳，不断出击，以便能准确地击中我自己。